O CASO DO SR. WILLIAMS
UM MISTÉRIO JANIE JUKE LIVRO: 3

ISABELLA MUIR

OUTSET PUBLISHING LTD

Publicado no Reino Unido por Outset Publishing Ltd

Primeira edição em português publicada em maio de 2024

Primeira edição em inglês publicada em junho de 2018

ISBN: 978-1-872889-69-6

www.isabellamuir.com

Traduzido por Ana Catarina Palma Neves: **https://wordsinideas.com**

ÍNDICE

• • •

Decorria o ano de 1970 e Tamarisk Bay preparava-se para a primeira Páscoa da década. Entretanto, uma determinada família preparava-se para o regresso de alguém...

CAPÍTULO I

TERÇA-FEIRA - PLATAFORMA 18, ESTAÇÃO FERROVIÁRIA ROMA TERMINI

NUM DIA NORMAL, JESSICA teria reparado na pasta de documentos. Teria lá estado, debaixo do braço dele, quando ele esticou o outro braço para lhe apertar a mão? Nos dias seguintes iria pensar muitas vezes naquele momento, mas só se conseguiria lembrar das imagens e dos sons que estava a deixar para trás.

O comboio para Paris ia partir ao meio-dia, mas ainda era cedo, faltavam vinte minutos. Tinha passado algum tempo desde que Jessica vira Luigi pela última vez e, enquanto ele caminhava pela plataforma, ela ficava cada vez mais impressionada com o seu rosto aquilino e a maneira como o cabelo lhe caía sobre os olhos, apesar de ele estar constantemente a afastá-lo para trás. Provavelmente era uns quinze centímetros mais alto do que ela, por isso, à medida que se aproximava, ficava a olhá-lo de baixo para cima. Porém, os olhos dele não se focavam nela, olhavam para a distância atrás dela.

Um carregador vinha atrás dele empurrando um carrinho de metal cheio de bagagem até que Luigi levantou a mão indicando que tinham chegado à carruagem certa. O carregador tirou as duas malas do carrinho e colocou-as aos pés de Luigi, ficando por ali a aguardar a inevitável gorjeta. Luigi enfiou a mão no bolso das calças, agarrou numa mão-cheia de moedas e entregou-as ao homem com um ligeiríssimo acenar de cabeça. De seguida, virou-se para Jessica.

- Toda a tua vida cabe numa mala de viagem e num pequeno saco de viagem?

- Viajo com pouca bagagem - respondeu ela, encolhendo os ombros e rindo-se despreocupadamente.

- É muito bom ver-te de novo. E obrigada.

- Do quê?

- Por me deixares ir contigo.

A algaraviada de vozes italianas era tal que tinham de gritar para se fazerem ouvir. Todas as trinta e duas plataformas da estação ferroviária Roma Termini fervilhavam de pessoas a chegar e a partir. Ali, amigas riam enquanto corriam pela plataforma de braço dado. Acolá, um marido abraçava a mulher antes de a deixar ir com um sonoro "*Ti amo*". Era uma orquestra de sons: rodas de carrinhos que precisavam de ser oleadas, conversas ruidosas, e até música. Tudo se combinava para tornar difícil ouvir o anúncio de que o comboio para Paris estava de partida. A língua em si não era problema para Jessica. Aprendera mais do que o básico desde que vivia em Itália. Porém, a voz no altifalante era incoerente e abafada.

Um homem mais velho cumprimentou-a, tocando no chapéu, ao passar por ela antes de se pôr na fila das bancas móveis de comida e bebidas. A seguir, ela teve de se afastar rapidamente para o lado quando um trabalhador dos caminhos-de-ferro apareceu de repente com uma vassoura na mão. Na verdade, não era apenas barulho, mas também movimento, e o seu coração batia um pouco mais forte por fazer parte desse cenário. Isso recordava-a da razão de adorar tanto viajar. Realmente, tinha estado no mesmo sítio tempo demais.

- Estás arrependida por partires?

Luigi, ao seu lado, punha as malas dentro da carruagem.

- É diferente para ti, tu és daqui.

- Mas tu estás a voltar a casa, para a tua família.

- Sim, e é o que deve ser feito, mas isso não significa que não vá sentir saudades disto tudo.

- Do sol?

- Mais do que isso, mas, sim, estou a trocar um passeio pelo porto debaixo de um céu azul por nuvens cinzentas e chuvas de abril.

Parou de falar para ouvir o diálogo entre dois homens com vozes ríspidas e enérgicas. Um dos homens levantou os braços no ar como um maestro a dirigir uma orquestra.

- A primeira vez que vi dois italianos a conversar pensei que estavam a discutir – comentou Jessica, sorrindo com a recordação. - Estava convencida de que iam começar a lutar no meio da rua. Afinal, estavam apenas a debater qual a melhor maneira de cozer *ravioli*. Vou sentir saudades da paixão dos italianos por comida, por vinho, por futebol...

- Pela família?

- Claro, pela família.

Uma rajada de vento puxou-lhe a ponta da echarpe. Jessica tirou a echarpe para a ajustar e colocá-la melhor à volta do pescoço, enfiando as duas pontas por dentro do decote da blusa.

- Estou a dizer disparates, ignora-me. Queres comprar alguma coisa para levar na viagem? Água, fruta?

- Não, nada. Vamos instalar-nos.

Seguiram pelo corredor até ao compartimento.

- O meu lugar é o 6D - disse Luigi, olhando de relance para o bilhete antes de deslizar a porta para o lado e empurrar as malas à sua frente.

As malas pareciam leves ao serem colocadas nas prateleiras pelas mãos daquele corpo musculado. Quando Luigi se virou para Jessica, ela tentava soltar a echarpe que tinha ficado presa na alça da mala a tiracolo.

- Deixa-me ajudar-te.

- As pessoas vão pensar que estou a arranjar desculpas.

Ele ergueu uma sobrancelha.

- Um homem novo e uma mulher mais velha... - esclareceu ela. - Deixa estar, eu desenrasco-me, obrigada.

- Não sou assim tão novo. Vou fazer trinta na semana que vem.

- Praticamente a caminho da meia idade - ripostou ela e riu-se.

Trocaram de lugar para que ela pudesse ficar à janela. Quando o comboio se pôs em movimento, Luigi estava já embrenhado no jornal e Jessica no seu livro. Ia ser uma longa viagem.

Uma família italiana de quatro elementos juntou-se-lhes em Bolonha, entrando de rompante na carruagem com energia e barulho. A mãe empurrou o marido e os dois filhos pequenos para os lugares respetivos antes de distribuir vários sacos de comida, que incluíam sandes de mortadela com fatias grossas de pão. Também distribuiu fatias de tomate e Jessica viu as crianças a escorrerem o sumo por cima do pão. A seguir, a mãe descascou com perícia uma laranja e o aroma dos espirros encheram o ar da carruagem com o cheiro do Mediterrâneo. Ao inalar esse aroma, Jessica recordou-se dos seus passeios matutinos pelos mercados de fruta e legumes, com as bancas repletas de pêssegos acabados de colher, alperces dourados e cerejas sumarentas. Os cheiros colavam-se às roupas e, à tardinha, ela agitava o lenço ou a echarpe para apreciar novamente o perfume das frutas.

- *Passaporti, passaporti.*

O polícia responsável por verificar os passaportes entrou no compartimento algumas horas depois de partirem, quando chegavam à fronteira entre a Itália e a Suíça. Jessica remexeu na mala e entregou o passaporte ao homem gordo que parecia desconfortável no seu uniforme, com os botões um bocadinho apertados de mais. O chapéu estava tão precariamente posto na cabeça que parecia que bastaria um solavanco do comboio para o fazer cair. O polícia olhou primeiro para o passaporte de Luigi, que lho tinha entregue com um ar quase desafiador.

- Ali está um homem que parece desiludido com a sua profissão - murmurou Jessica assim que o polícia saiu do compartimento.

- Nem todos nós podemos gostar do que fazemos.

Luigi voltou a sua atenção para o jornal, segurando-o de forma a que a criança sentada ao seu lado não o incomodasse cada vez que se mexesse. O rapaz, que teria sete ou oito anos, estava fascinado pelo seu carro de brincar, rodando as rodas com a palma da mão.

- E tu? - insistiu Jessica, tentando iniciar uma conversa. - Gostaste de trabalhar para o Mario?

- O trabalho no bar não era mau.

- Muitas gorjetas? Quando trabalhei num bar em Creta ganhei mais dinheiro em gorjetas do que em salário.

Jessica esticou as mãos na direção do rapazinho, apontando para o carro de brincar. Ele deu-lho e ela fez questão de o examinar antes de o devolver.

- Tens esperança de encontrar trabalho em Inglaterra, Luigi?

- Será fácil?

- Tamarisk Bay não é como Anzio, talvez seja um pouco mais pequena. Pelo menos é como me recordo, mas não vivo lá há nove anos. Costuma haver bastante trabalho sazonal e vais chegar no início da época estival. No entanto, Londres não é muito longe e talvez prefiras procurar as luzes brilhantes da capital...

- Não é por isso que vou a Inglaterra.

Luigi voltou a sua atenção para o jornal.

- Viste a forma como aquele homem olhou para nós quando lhe entregámos os passaportes?

- De mau humor?

- Não, outra coisa. Inquisitivo, talvez.

Luigi encolheu os ombros.

- Não é incomum amigos viajarem juntos. Ele parecia muito interessado em ti. Talvez gostasse de ter uma mulher inglesa...

- Agora estás a brincar comigo...

- Ainda és jovem o suficiente para não seres invisível.

- Obrigada, acho eu...

No início da noite, o assistente de bordo preparou as camas em todos os compartimento. Se Jessica se tivesse alistado no exército como o irmão, as camas que estavam a ser montadas ter-lhe-iam recordado esses tempos. As almofadas duras e os lençóis cinzentos e ásperos eram pouco atrativos.

- Não é propriamente primeira classe... - comentou Jessica. - Já dormi em praias mais confortáveis.

- És muito exigente. Estica-te por um bocado. Não faz mal se não dormires. Fecha os olhos, pelo menos.

A família deitou-se nos beliches sem alarido. Talvez fossem

viajantes frequentes, habituados a passar a noite neste tipo de quartitos de hotel itinerante. O pai começou a ressonar pouco depois. Os dois rapazes, um na parte de cima do beliche e o outro na parte de baixo, queixavam-se de vez em quando, sempre que um pontapeava o outro. A mãe tinha as costas voltadas para Jessica e, cada vez que um dos filhos se mexia, ela mandava-os calar e dizia-lhes para voltarem a dormir.

Tentando fazer o mínimo de barulho, Jessica abriu a porta e saiu para o corredor. Vários passageiros estavam de pé e outros sentados em cima da sua bagagem, aproveitando os bilhetes baratos que pagavam a viagem, mas não um lugar. No passado, ela tinha feito o mesmo para poupar dinheiro. Através das janelas sujas, viu as montanhas recortadas, que, à luz do luar, tinham um ar ainda mais sinistro. Dali a algumas horas amanheceria e, então, já teriam atravessado os Alpes e estariam na direção de França.

No corredor, encontrou um espaço entre uma jovem e um homem corpulento, que tinha a cabeça encostada à janela. A mulher lembrava-lhe ela própria há muitos anos, quando começara a sua aventura pela Europa. Tinha sido duro deixar Philip e Janie, mas fora a altura certa para eles e para ela. Agora estava a regressar para junto deles.

Quando começou a amanhecer, a luz leitosa da aurora encheu a carruagem. O homem ao seu lado olhou pela janela e esticou a cabeça para a esquerda e para a direita, tentando descontrair o pescoço. Jessica cruzou o olhar com a jovem e as duas começaram a falar ao mesmo tempo, provocando uma gargalhada silenciosa às duas. A rapariga disse que se chamava Cinzia e explicou que viajava até Inglaterra. Era a primeira vez que saía de Itália. Os amigos tinham-lhe dito que em Inglaterra fazia um frio de rachar e que chovia todos os dias. Jessica ia tranquilizá-la, mas a porta do compartimento abriu-se e a conversa foi interrompida.

- Pequeno-almoço? - perguntou Luigi.

- Boa ideia, - respondeu Jessica - mas deixa-me ir à casa de banho primeiro.

Entrou no compartimento e tirou o saco de viagem da prateleira da bagagem. A família também já se começava a mexer. As crianças pediam comida e o pai resmungava que ainda era muito cedo para pensarem na barriga. Jessica procurou no seu saco de viagem o nécessaire e uma camisola e dirigiu-se à pequena casa de banho ao fundo da carruagem. Depois de se lavar, escovar os dentes e vestir a camisola, ficou a observar-se no pequeno espelho por cima do lavatório. Afastou do rosto as ondas castanho-avermelhadas do cabelo e passou os dedos pelas rugazinhas à volta dos olhos. Sempre tivera sardas, mas, ao fim de nove anos em climas meridionais, as sardas tinham tomado conta do rosto. "*Pareço mais uma galinha malhada do que um cisne elegante*", pensou e riu-se para o seu reflexo. A seguir, colocou uma camada de rímel e um pouco de batom.

- Serve - disse em voz alta, metendo tudo de novo dentro do nécessaire e regressando ao compartimento.

O comboio parecia acelerar enquanto caminhavam ao longo do corredor até ao vagão-restaurante. Por duas vezes Jessica bateu com o ombro num dos compartimentos, sentindo-se culpada por poder eventualmente ter incomodado algum viajante que ainda se encontrasse a dormir. Como os estores nas portas e nas janelas estavam para baixo, não era possível saber se os ocupantes estavam acordados. Quando o comboio balançou ao fazer uma curva apertada, Luigi, que ia à frente dela, tropeçou e bateu contra uma das portas. Os estores estavam puxados para cima e foi possível ver dois viajantes, um homem e uma mulher, sentados em frente um do outro ao fundo do compartimento, junto à janela. O rosto do homem estava parcialmente escondido por baixo do chapéu, que ele tinha puxado para cima dos olhos, pensando talvez que assim seria mais fácil para dormir. Luigi parou tão repentinamente que Jessica foi contra ele.

- Presta atenção, - disse Jessica. - quase que caíamos ao chão.

Em vez de responder, Luigi ficou a olhar para as duas pessoas dentro do compartimento.

- Anda para a frente, estamos a empatar o trânsito - continuou Jessica quando dois passageiros surgiram atrás dela.

Uns minutos depois sentaram-se no vagão-restaurante. Embora

outras três mesas também estivessem ocupadas, o empregado parecia mais preocupado em polir os talheres das mesas livres. Por fim, lá tomou nota dos pedidos e regressou com café fresco e croissants quentes. O aroma chegara-lhes às narinas antes do empregado colocar tudo na mesa.

Foi Jessica quem primeiro quebrou o silêncio.

- Parece que viste um fantasma.

Luigi pegou num croissant e abriu-o ao meio, tirando um guardanapo do recipiente ao centro da mesa para limpar as mãos.

- Pensei que tinha reconhecido o homem no compartimento lá atrás.

- Podias ter dito, podíamos ter parado. Talvez o consigamos apanhar quando regressarmos ao compartimento – retorquiu Jessica, servindo-se de café e passando a cafeteira a Luigi. - Que coincidência encontrar alguém conhecido...

- Provavelmente estou a imaginar coisas.

- Pensava que tinha sido eu que não tinha dormido...

Luigi terminou de beber o café e levantou a cabeça na esperança de chamar a atenção do empregado para pedir mais café.

- Contaste à tua família sobre mim?

- Eles sabem que levo um amigo comigo.

- Que mais sabem?

- O que há mais para saber?

O comboio guinou ligeiramente e o café entornou-se, derramando-se nos pires.

- Mais um croissant?

Jessica passou o cesto ao seu companheiro.

- Não, já me chega. Devíamos regressar à nossa carruagem em breve. Não gosto de deixar a bagagem sem vigilância.

- Nunca me passaria pela cabeça que alguém pudesse estar interessado nas minhas bugigangas.

Jessica terminou de beber o café e pôs a chávena de lado, ligeiramente irritada com o tamborilar dos dedos de Luigi sobre a mesa.

- Diz-me outra vez como é o teu irmão - pediu Luigi.

- É amável, esperto e...
- É mais velho que tu, não é?
- Sim, uns anos.

O tamborilar cessou por um momento, mas foi retomado quando ele perguntou:

- A cegueira mudou-o?
- Ele é resiliente e tenaz. Não teve de lidar só com o acidente. A mulher abandonou-o e ficou a tomar contar da Janie sem ela. Ele é uma força da natureza.
- Parece-me que a imagem que tens do teu irmão está distorcida...

Jessica olhou de esguelha para Luigi, surpreendida pelo que parecia ser uma acusação.

- Uma imagem demasiado otimista, não é? Parece mais a admiração da irmã mais nova em relação ao irmão mais velho...
- Vivi com ele durante vários anos como adulta, não havia nada de infantil nesses tempos. Ele era um bom homem. Ele é um bom homem.
- Mas já não o vês há anos, pode ter mudado.
- Conheço o meu irmão, ele não terá mudado. Não da forma que estás a sugerir. Não para pior. Estás a fazer juízos de valor. Não sabes nada sobre a minha família e sabes muito pouco sobre mim.
- Não queria ofender. É que há aspetos de uma pessoa que podem manter-se escondidos: pensamentos, medos, passado...

Luigi mudou de posição e olhou à volta para as outras pessoas no vagão-restaurante antes de olhar novamente para Jessica.

- Ele combateu na guerra, em Itália? Disseste que tinha estado um tempo em Anzio...
- Acho que não combateu. Conduzia camiões, transportando mercadorias de um lado para o outro, abastecimentos vitais, esse tipo de coisas. Sinceramente, não é o tipo de coisas de que fale muito, por isso não sei pormenores. Mas, sim, passou algum tempo em Itália e mencionou Anzio. É fascinante pensar que talvez tenha andado pelas mesmas ruas que eu. No entanto, nessa altura, Anzio não era a mesma que nós conhecemos hoje. Em todo o caso, terás oportunidade de lhe perguntar diretamente, mas não te surpreendas

se não se abrir contigo. As pessoas não gostam de falar sobre as suas vidas durante a guerra. Tenho a certeza de que deve ser impossível lidar com a maioria das memórias.

Ela levantou-se e pegou na mala a tiracolo que estava pendurada na cadeira.

- Agora, preciso de voltar, estou com uma dor de cabeça terrível. Deve ser por não ter dormido.

Ao regressarem ao compartimento, o polícia que verificara os passaportes passou por eles e entrou no vagão-restaurante.

- Estou surpreendida por o ver ainda a bordo do comboio. Pensava que entrava no comboio, verificava os documentos e saía outra vez na estação seguinte - comentou Jessica assim que o polícia se afastou deles.

- Talvez esteja com fome - respondeu Luigi ironicamente.

No corredor, Jessica abrandou e, desta vez, foi Luigi que quase esbarrou contra ela.

- Este é o compartimento do teu amigo, não é? Pelos vistos, saíu - disse ela, tentando não olhar fixamente para a mulher que estava agora sozinha e que parecia um pouco incomodada com o interesse demonstrado por dois passageiros desconhecidos. - É pena que tenhas perdido a oportunidade de falar com ele. Talvez possas voltar daqui a pouco para ver se já cá está outra vez.

Luigi encolheu os ombros e continuou a andar, ultrapassando Jessica.

Quando chegaram ao compartimento deles, não havia sinal da família italiana, apenas algumas migalhas num dos assentos. Luigi e Jessica assumiram que tinham saído na última paragem. As camas já tinham sido transformadas de novo em bancos e a roupa de cama tinha sido recolhida.

- A oportunidade ideal para arrumar as minhas coisas - disse Jessica, puxando pela mala de viagem numa das prateleiras e abrindo-a em cima do banco. Ajeitou a roupa para fazer espaço para o necéssaire, que tinha enfiado antes no saco de viagem. Agora, comprimiu-o num dos cantos da mala de viagem, fechou-a e virou-se para Luigi.

- Ajudas-me a colocá-la lá em cima outra vez?

Ao levantar a mala por cima da cabeça na direção da prateleira, ele parou e franziu o sobrolho.

- Espera lá - disse, colocando novamente a mala em cima do banco.

- O que foi?

Estavam de pé um ao lado do outro. Luigi olhava fixamente para a prateleira e Jessica olhava fixamente para o rosto dele, que estava a ficar cada vez mais pálido. Por momentos, ela pensou que ele iria desmaiar. Então, ele pegou na bagagem que ainda estava na prateleira e atirou-a para o chão num pânico quase febril. Atirou também para o banco os casacos que tinham colocado em cima das malas.

- O que é que se passa afinal? - perguntou ela, agarrando a sua mala a tiracolo com força, receando que ele a fosse atirar também para o chão.

Ele fulminou-a com os olhos, dando um murro na parede do compartimento.

- A minha pasta de documentos desapareceu!

Ele parou de se mexer e esticou os braços como se a pedir que alguém resolvesse magicamente a situação.

- Que queres dizer com "desapareceu"?

- Não está ali, Jessica. Foi roubada!

CAPÍTULO 2

Quarta-feira - algures em França

Os dois passageiros ignoravam o barulho ritmado que o comboio fazia ao longo dos carris. O silêncio dentro do compartimento era total até Jessica o quebrar.

- Porque é que alguém quereria roubar a tua pasta de documentos? Não continha dinheiro, pois não?

- Claro que não.

O rosto de Luigi estava agora vermelho, pois a palidez tinha dado lugar a outra coisa. Se alguém tivesse entrado na carruagem naquela momento, teria pensado que eles estavam no meio de uma tremenda discussão.

- Não percebo. Porque é que alguém quereria roubar um monte de papéis?

Ele olhou para além dela, como se ela não tivesse dito nada.

- Tenho de encontrar o guarda para o informar disto - disse ele, empurrando-a para o lado ao dirigir-se para a porta.

Quando ele passou por ela, ela pousou-lhe a mão no braço.

- Alguém pegou nela por engano. Provavelmente foi apanhada juntamente com a bagagem daquela família, os que passaram a noite connosco.

- Sim, tens razão, eles roubaram a minha pasta de documentos.

Temos de os descrever à polícia.

- Descrevê-los? Bolas, Luigi, estamos a falar de um mal-entendido. Acho que não é preciso falar com a polícia. Tenho a certeza de que foi sem querer. As crianças eram claramente difíceis de aturar. A coitada da mãe provavelmente pediu-lhes para ajudarem a levar alguma coisa e um dos miúdos pegou na pasta de documentos por engano. Se calhar gostou dela, achou que daria uma bonita pasta para a escola.

Tentou sorrir, mas o meio sorriso desapareceu-lhe do rosto antes de ele o ter visto.

- Esta não é altura para brincadeiras.

A voz dele aumentou de volume, abafando o barulho ritmado do comboio que fazia uma curva apertada.

- Não há necessidade de gritar – disse ela, elevando a voz ao mesmo nível, mas acrescentando de seguida, num tom mais suave: - Acalma-te. Vamos fazer o ponto de situação.

- Vocês, os ingleses, acham que tudo pode ser resolvido com uma chaveninha de chá.

Os olhos dele percorreram todo o compartimento como se a pasta de documentos desaparecida pudesse surgir de repente. Enfiou a mão no bolso das calças, tirou um maço de cigarros e acendeu um.

- Estás a deixar-te levar pela situação. - Ela falou devagar como se fosse uma professora numa sala de aula cheia de crianças indisciplinadas. - Senta-te e acalma-te. Eu vou buscar o guarda.

Jessica regressou uns minutos mais tarde acompanhada por um homem alto e de cabelo escuro vestindo o uniforme dos caminhos-de-ferro. Tinha uns óculos de aros de aço, que tirou para limpar com um lenço antes de os voltar a pôr. O guarda ouviu a explicação de Luigi, mas ficou impassível.

- Estava aqui uma família. Achamos que foram eles que a levaram - disse Luigi, dando longas passas no cigarro.

Jessica colocou a mão sobre o braço dele.

- Por engano, claro - acrescentou ela. - Não estamos a acusar ninguém de nada. O meu amigo só quer a pasta de documentos de volta o mais depressa possível, como deve imaginar.

- E o que estava dentro da pasta de documentos, *signore*?

O guarda fingiu interesse, olhando por cima do ombro de Luigi, em direção à janela.

- Ninguém tem nada a ver com isso - respondeu Luigi rispidamente.

Jessica lançou-lhe um olhar interrogativo e virou-se para o guarda, a sorrir.

- Apenas documentos pessoais, nada que interesse a mais ninguém, mas são importantes para o meu amigo. Tenho a certeza de que compreende.

- *Si, signora*, compreendo perfeitamente. - Tirou os óculos, bafejou sobre eles e esfregou-os com o dedo antes de os voltar a pôr. - Quando chegarmos a Paris, apresentamos queixa. Deixa os seus contactos com a polícia ferroviária francesa e se, ou quando, a pasta de documentos for encontrada, iremos devolvê-la. Em breve terá a pasta de documentos novamente consigo.

- Isso não é suficiente - disse Luigi com o queixo tenso, atirando a beata para o chão e pisando-a. - Precisamos de encontrar aquela família. Não pode telefonar à estação anterior para descobrir quem são e onde vivem? O polícia que verificou os passaportes deve saber os nomes, pois verificou-os esta noite.

O guarda encolheu os ombros e ajustou os óculos, que estavam sempre a escorregar-lhe do nariz.

- *Scusi, signore,* mas os passaportes são verificados para ver se estão em ordem, os nomes não são registados.

Luigi resmungou, olhando de modo feroz para o guarda.

- Talvez tenha verificado os bilhetes.

- Os bilhetes são verificados, mas os nomes não são registados. Se vir o seu bilhete, *signore*, verá que não tem nome, *davvero*.

- Compreendemos, claro que sim - interveio Jessica, olhando de soslaio para Luigi e dando ênfase a cada palavra. - Vamos seguir a sugestão do guarda e esperar até chegarmos a Paris. Se a família tem a pasta de documentos, em breve verão que não é deles. Não demorará muito até perceberem o erro. Provavelmente estão a devolvê-la neste momento na estação.

- Mais uma razão para telefonar agora mesmo...

Luigi andava de um lado para o outro dentro dos limites do pequeno compartimento e, quando passou pelo guarda, este murmurou algo entredentes.

- O polícia dos passaportes - continuou Luigi - ainda está no comboio, acabámos de o ver. Podemos perguntar-lhe do que é que ele se lembra.

- Está enganado, *signore*. O polícia responsável por verificar os passaportes saiu do comboio na última estação.

Jessica sentiu-se tentada a discutir aquela questão, mas manteve-se em silêncio. Entretanto, o guarda olhou para o relógio e perguntou:

- Permite que lhe pergunte porque não levou a pasta de documentos consigo quando foi ao vagão-restaurante?

- Não esperava que o comboio estivesse cheio de ladrões e vilões - respondeu Luigi fulminando-o com os olhos.

Na esperança de acalmar uma situação cada vez mais tensa, Jessica agradeceu ao guarda o tempo dispendido, apertou-lhe a mão e confirmou que iriam ter com ele quando chegassem a Paris. Assim que ele saiu, ela fechou a porta do compartimento e virou-se para Luigi.

- Vais dizer-me o que te irritou assim tanto? Não acredito que isto seja apenas por causa de uns documentos e uma velha pasta de pele.

Luigi afastou-se dela e olhou através da janela.

- Esquece isso.

- Dificilmente vou conseguir fazer isso, não achas? Fizeste uma cena e tanto. Estou surpreendida por não teres puxado o cordão de emergência para parar o comboio.

- Pensei nisso - respondeu ele num murmúrio.

Fizeram o resto da viagem num silêncio quase total. De vez em quando, ao passarem por quilómetros de vinhas francesas, Jessica comentava a paisagem. Como a única resposta que obtinha de Luigi era um aceno de cabeça, acabou por desistir. Em vez disso, regozijou-se com uma conversa interior que não requeria companhia, apenas os seus próprios pensamentos, e quase desejou que o comboio andasse mais devagar para lhe dar mais tempo para absorver a paisagem.

Poucas semanas depois de fazer trinta anos, ela deixara Janie e Philip para fazer a sua primeira viagem de comboio através da França. Ficara tão deslumbrada com a imensidão da paisagem rural que passara as primeiras horas a contemplá-la apenas. Sorriu ao recordar-se disso. *"Tinha trinta anos e era tão ingénua como uma adolescente"*, disse para si mesma. Ver a mesma paisagem novamente deu-lhe a mesma sensação de prazer. Vinhas bem cuidadas estendiam-se em ambos os lados da linha férrea. O manto de retalhos dos campos, com apontamentos de verde e castanho, faziam-na lembrar os quadros com os quais se tinha maravilhado durante a sua única visita ao Louvre.

O tempo ia ficando mais nublando à medida que avançavam para norte, recordando-a do cinzento infindável dos invernos ingleses. Porém, ela regressava na primavera, a sua estação do ano preferida, e estava desejosa de ver narcisos e relvados verdejantes. Se tinha sentido saudades de alguma coisa nos últimos nove anos, além da família, era a abundância de relva, nos jardins da frente e das traseiras, nos parques e nas avenidas. Prometeu a si própria que, na primeira oportunidade, iria numa manhã bem cedo até ao jardim Maze Gardens. Aí, descalçaria os sapatos e sentiria a suavidade da relva fresca e húmida por baixo dos pés. O irmão iria pensar que estava maluca, mas ser maluca era bom.

Algumas horas mais tarde, o comboio entrou na estação Gare de Lyon de Paris. Tiraram as malas e os sacos de viagem da prateleira e dirigiram-se para a saída. Um carregador veio ajudá-los e seguiu atrás deles e do guarda até ao gabinete da polícia ferroviária. Nem Jessica nem Luigi sabiam mais do que apenas algumas palavras em francês, por isso, o guarda fez de tradutor. O polícia ferroviário foi curto e quase monossilábico, anotando os nomes e as moradas num pequeno bloco de notas.

- E o que continha a pasta de documentos, *monsieur*?

- Porque é que toda a gente está tão interessada em saber o que continha? - Ao falar, atirou com a mão no ar, obrigando Jessica a afastar-se um pouco dele. - Se tivesse sido uma mala de viagem, queria saber o que estava lá dentro? Esperaria que uma senhora lhe descrevesse o seu vestuário, a sua roupa interior? Claro que não! Era uma pasta com documentos pessoais, isso é o suficiente. Além disso, estava fechada à chave. Portanto, a não ser que alguém quebre a fechadura, ninguém irá saber o que está lá dentro, certo?

- Está fechada à chave? - interrogou Jessica.

O polícia desviou o olhar de Luigi para Jessica e depois voltou a olhar para Luigi quando este respondeu.

- Comprei uma pasta com chave. Porque não a haveria de usar?

- E tens a chave?

- Claro! - exclamou Luigi, tirando a carteira do bolso da frente do casaco e mostrando-lhe a chave. - Uma chave que não tem qualquer utilidade até encontrar o ladrão.

- Gostava que deixasses de falar em ladrões e assaltantes. Tenho a certeza de que se trata apenas de um mal-entendido, um momento irrefletido.

- Havia uma família - disse Luigi, ignorando as tentativas de Jessica para o acalmar e descrevendo o máximo que se lembrava de cada membro da família, que ele acreditava ter-se ido embora com os seus pertences.

Quando terminou de falar, o polícia disse:

- *Merci, monsieur et madame.* Temos tudo o que precisamos. Entraremos em contacto na sua morada em... - ele parou de falar com dificuldades em pronunciar as palavras.

- Tamarisk Bay - enunciou Jessica de forma clara.

- *Oui*, Tamarisk Bay. *Allor, au revoir* – concluiu ele, dispensando-os.

Jessica ficou para trás a agradecer novamente ao guarda italiano enquanto Luigi saiu de rompante e se dirigiu ao átrio da estação. O carregador que os tinha seguido o tempo todo, empurrando o pesado carrinho de metal, estava agora a ficar sem fôlego ao tentar acompanhar as grandes passadas de Luigi.

Tinham duas horas para atravessar Paris, o que era tempo mais que suficiente desde que a fila para os táxis não fosse muito grande. O centro da cidade era um aglomerado de carros, autocarros e peões, mas, depois do caos de Roma, quase que parecia tranquilo. As largas avenidas ladeadas de árvores davam uma sensação de espaço e tranquilidade. Ela viu duas mulheres elegantemente vestidas a passear, ambas com vestidos feitos à mão. Uma delas tinha um casaquinho por cima dos ombros de uma lã tão fina que era quase translúcido. Reparou nos cortes de cabelo curtos e passou a mão pelo seu cabelo, imaginando, por instantes, como seria se o cortasse daquela forma. Porém, afastou o pensamento com um sorriso.

Quando o táxi chegou à estação Gare du Nord de Paris, tirou uma carteirinha de algodão da mala para pagar a viagem. Tinha trocado dez mil liras por francos, o que deu para pagar a tarifa do táxi e ainda uma garrafa de água grande e duas baguetes cheias de queijo Camembert.

- Não tenho fome - disse Luigi quando ela lhe deu uma das baguetes.

- Fica com ela, podes ter fome mais tarde – ripostou ela, pensando que ele parecia uma criança teimosa.

A viagem de comboio até Calais era curta e, depois, apanhariam o barco. Luigi mal tinha dito uma palavra desde o incidente com a pasta de documentos. Ela fingia que não reparava, absorvendo-se no livro que tinha começado a ler quando saíra de Roma. Trazia-o consigo desde que deixara Inglaterra, nove anos antes, e já o tinha lido tantas vezes desde então que quase o conhecia de cor. "O Senhor dos Anéis" era uma história de aventuras e o jovem Frodo era tão destemido como ela tinha sido quando partira nas suas viagens. Sorriu para si mesma ao pensar em todas as provações terríveis que Frodo encontrava ao longo da viagem através da Terra Média.

Uma vez no barco, escolheram duas cadeiras reclináveis numa das partes mais sossegadas do navio. O último barco que ela tinha apanhado fora para passar um dia na ilha de Ponza. Chegara à ilha e descobrira que não havia nada para ver a não ser a praia. Ao fim de duas horas a nadar e a apanhar banhos de sol, apanhara o *traghetto* de volta a Anzio. O grande barco que atravessava o canal era vinte vezes maior que o pequeno *traghetto*.

- Vais telefonar ao teu irmão quando chegarmos a Dover? - perguntou Luigi, trazendo-a de volta ao momento presente.

- Não. Ele sabe que chegamos hoje, mas não a hora certa. Mal posso esperar para o conheceres. Ele é uma pessoa muito especial para mim.

Um incómodo latente mantinha-se desde a conversa anterior. Ela não precisava de defender o irmão, mas, mesmo assim...

- Um homem corajoso ou alguém que aceita a reviravolta do destino?...

Luigi ficou a aguardar a resposta dela.

- Não há nada de errado em aceitar o destino. Todos nós fazemos isso à nossa maneira.

Voltaram a ficar em silêncio. Quando Luigi lhe sugerira acompanhá-la até Inglaterra, ela não pensara muito sobre o assunto. Gostava de viajar sozinha e tinha adquirido prática suficiente nos últimos nove anos, mas ter alguém com quem conversar ao longo do caminho parecia uma ideia divertida. Agora era demasiado tarde para arrependimentos.

A cafetaria estava praticamente vazia, pois, com o mar agitado, a maioria dos passageiros não conseguia pensar em comida. O item mais popular a bordo eram os pequenos sacos de papel, cuidadosamente empilhados por todo o lado, para viajantes com uma disposição delicada.

Jessica recostou-se e fechou os olhos, mas, então, Luigi começou a gemer. Ela endireitou-se e viu que ele agarrava com força ambos os lados da cadeira e tinha gotas de suor na testa.

- Estás muito pálido - disse ela. - Acho que é melhor ires apanhar ar fresco.

A falta de resposta e a palidez cada vez mais acentuada dizia-lhe tudo o que precisava de saber. Agarrou-lhe no braço e empurrou-o à sua frente.

- Por aqui - disse ela, abrindo com força a porta para o convés. Assim que saíram, foram atingidos por uma rajada de ar frio e espuma do mar e tiveram de se agarrar ao corrimão para se equilibrarem.

- O ar está suficientemente fresco para ti? - gritou ela e a sua voz foi levada pelo vento.

- Vai lá para dentro, eu fico bem sozinho - retorquiu ele, agarrando-se à amurada e espreitando por cima para a água salgada em tom de metal e coberta por carneiros brancos-cremosos.

- Ok, vou voltar para dentro. Espero por ti lá.

Depois do ataque de fúria por ter perdido a pasta de documentos, parecia não estar minimamente preocupado com o resto da bagagem.

- Volta para dentro quando vires os Penhascos Brancos. Não podes deixar de os ver - acrescentou ela a rir-se.

Uma vez lá dentro, sentou-se e olhou para o cenário à sua volta. As pessoas balançavam-se de um lado para o outro, tentando manter-se direitas e agarrando-se com força a qualquer superfície fixa. Era divertido observar aquilo. Ela tinha sorte por se conseguir equilibrar com o balanço do mar. Se calhar devia ter-se alistado na Marinha.

Nos altifalantes do navio ouviu-se o anúncio a informar a chegada ao Porto de Dover. Luigi juntou-se-lhe com a cor do rosto de volta ao seu tom bronzeado normal. Saíram do barco e dirigiram-se para a fila do controlo dos passaportes e, depois, passaram pela alfândega. Passada meia-hora, estavam na plataforma da estação ferroviária. Não se via nenhum carregador, nem carrinhos, nem bancas móveis de comida a oferecer snacks tentadores. Em vez disso, havia o bar da estação a meio da plataforma. Ela espreitou pela janela, tapada pela condensação do interior.

- Queres um donut com doce ou um cházinho inglês? - perguntou ela, não esperando resposta. - Temos de mudar em Ashford para seguir até Tidehaven. Se tudo correr bem, apanhamos um táxi aí. A última etapa da viagem é a pior.

Ele ergueu uma sobrancelha.

- Como assim?

- Percorremos cerca de mil e seiscentos quilómetros em vinte e quatro horas, mas, agora, oitenta quilómetros ao longo da costa vai parecer uma eternidade.

- Ah, sim, ouvi falar dos caminhos-de-ferro ingleses.

Ele olhava para os pés enquanto esfregava um dos sapatos no chão.

- Estou a ser injusta. – disse ela, afastando o cabelo do rosto, pois tinha-se levantado um vento que entrava pela plataforma fora. - Não mudava nada da sua excentricidade.

- Excentricidade?

- Esquece, estou a divagar. O que quero dizer é que é bom estar de volta. Apesar de todos os seus defeitos, nasci em Inglaterra e, por isso, este país sempre terá um lugar especial no meu coração.

Ele murmurou qualquer coisa entredentes.

- O que disseste? - perguntou ela enquanto um comboio entrava na plataforma em frente.

- O nosso país natal vem sempre em primeiro lugar - replicou ele, levantando a voz por cima do barulho.

- Não tenho assim tanta certeza.

Se ela fizesse uma lista dos seus sítios preferidos, a primeira praia grega onde dormira estaria no lugar cimeiro. Sorriu ao recordar-se de quando chegara a Mykonos e descobrira que todos os alojamentos estavam cheios. Adormecera numa praia vazia e acordara rodeada de outros viajantes. Sem tendas, sem sacos-cama, apenas o essencial enfiado num saco a tiracolo ou numa mochila. Era de uma simplicidade maravilhosa.

A bordo do derradeiro comboio da viagem, Luigi parecia ter adormecido enquanto atravessavam Kent, onde as primeiras chuvas primaveris tinham criado uma imagem de um verde exuberante e castanhos intensos. "*O Jardim de Inglaterra*", disse Jessica para si mesma.

Ao chegarem à Estação Ferroviária de Tidehaven, fizeram uma curta viagem de táxi e, então, Jessica deu por si em frente à sua casa de infância.

- Até que enfim - suspirou Luigi para si mesmo enquanto ajudava a descarregar a bagagem.

- O quê?

- Foi uma longa espera.

- Queres dizer, uma longa viagem?

Luigi não respondeu e Jessica avançou para tocar à campainha.

CAPÍTULO 3

Quarta-feira – Casa dos Chandlers, Tamarisk Bay

HAVIA UM ANÚNCIO NA porta da frente informando que o consultório de fisioterapia de Philip Chandler estaria encerrado durante o fim de semana da Páscoa. Uma oportunidade para um descanso bem merecido. As últimas semanas tinham sido preenchidas com o nascimento e o batizado da sua primeira neta. Agora, esperava a qualquer momento a chegada da irmã e do amigo dela.

Há meses que Janie tinha preparado os dois quartos de hóspedes, prevendo a chegada da tia por altura do Natal. As razões para o atraso de Jessica eram vagas e Philip tinha-as aceitado sem grande alarido, o que não contribuiu em nada para atenuar o desapontamento da filha.

- Pensei que ela estaria cá para o batizado da Michelle.

- Acho que a tua filha já tem bastantes pessoas a olhar para ela. - A ligeira curva nos dois cantos da boca de Philip denunciaram-no, apesar de ter tentado manter uma voz severa. - Ela tem-me a mim, à Phyllis e aos pais do Greg a tomarem conta dela. É muito com que lidar tendo em conta que nem sequer tem dois meses.

- Está bem, ganhaste - ripostou Janie, abraçando o pai.

- Na verdade, - continuou Philip - se tivesses tido o entusiamo de ver a Jessica em dezembro, não tinhas nada que te entusiasmasse agora, certo?

- Devias ter sido político, ou vendedor. Embora os teus poderes positivos de persuasão não sejam completamente desperdiçados.

- Queres dizer que eu posso persuadir os meus pacientes a levantarem-se e curarem-se a si próprios?

O ladrar do Charlie interrompeu a conversa.

- Já chegaram, pai. Vou abrir-lhes a porta.

Janie quase tropeçou em Charlie com a pressa.

- Deslumbrante - disse Janie, abraçando a tia com força e, depois, afastando-a novamente para a observar melhor. - Pareces tão... europeia... Não sei o que é, algo a ver com a maneira como penteaste com o cabelo, ou talvez seja essa linda echarpe de seda... É italiana?

- E se deixasses a tua tia entrar antes de a interrogares sobre todos os aspetos da sua indumentária?

Philip esperou, de braços abertos, que a irmã fosse ter com ele. Em vez de o abraçar, ela pegou-lhe em ambas as mãos, inclinou-se para a frente e deu-lhe um beijo em cada bochecha.

- O meu irmão preferido - disse ela, agarrando-lhe o rosto com as duas mãos. - E para onde foi a minha sobrinha de olhos brilhantes como uma adolescente? E quem é esta linda adulta com uma trouxa rosada nos braços?

- Tens razão em relação à parte de ser adulta. Ser mãe ocupa mesmo muito a cabeça. Não tenho a certeza quanto ao resto. Olheiras por falta de dormir poderá ser uma descrição melhor.

- E o teu amigo, está aqui contigo? - perguntou Philip.

Luigi aproximou-se. Não sabia como havia de cumprimentar Philip e ficou a olhar para o rosto dele.

- Sr. Chandler - disse ele.

Janie estava habituada à cegueira do pai, mas conseguia perceber o desconforto de alguém que se sentia intimidado por causa disso.

- Bem-vindo a Tamarisk Bay, Luigi - disse Philip. - Vamos para a sala de estar. Janie, serve bebidas para os nossos visitantes.

A hora seguinte foi passada numa tagarelice pegada, com toda a gente a falar ao mesmo tempo, exceto Luigi, que se manteve calado.

- Phil, essa barba dá-te um ar distinto, embora consiga ver uns quantos grisalhos.

Jessica passou a mão pelo rosto de Philip.

- Torna a vida mais fácil. Barbear todos os dias pode ser complicado, até mesmo perigoso.

- Os grisalhos podem ser culpa minha - disse Janie. - Este último ano foi cheio de altos e baixos, não foi, pai?

- Altos e baixos devem condizer contigo - ripostou Jessica. - Ainda não passaram dois meses desde que a tua filha nasceu e pareces muito descontraída, como se sempre tivesses sido mãe. Dá-me a pequenita para olhar bem para ela.

Jessica pôs Michelle ao colo e passou a mão suavemente pelo seu rosto.

- Tem os teus olhos e talvez o teu nariz, embora os narizes dos bebés sejam sempre como botõezinhos.

Tocou na ponta do nariz de Michelle e esta respondeu de imediato com um espirrozinho.

- Santinha - disseram Janie e Philip em uníssono.

- Suponho que tenha o queixo do pai - acrescentou Jessica, continuando a olhar para a sua sobrinha-neta.

- Tens razão quanto a isso, tem a covinha do Greg. Ele vai ficar contente por teres reparado. O Greg é fantástico, adora ser pai. Até me ajuda a dar-lhe de comer à noite.

- Biberões, então?

- Absolutamente.

- A Janie valoriza a sua independência - disse Philip.

- Deve ter saído à tia - retorquiu Jessica a rir-se. - Quando é que vou conhecer o teu fantástico marido?

- Deve estar a chegar. Foi tomar banho para tirar o pó do tijolo.

- O teu marido é construtor?

Foi só quando Luigi falou que se lembraram que havia um estranho entre eles.

- Deves achar que somos muito mal-educados - afirmou Philip. - Temos estado na tagarelice e nem perguntámos como foi a viagem. Quando partiram?

Philip não pôde ver a mudança no rosto de Luigi quando Jessica começou a falar.

- Tivemos um contratempo infeliz durante a viagem.

- Lamento sabê-lo.

- Oh, não foi nada importante. Só estou a falar disso no caso da polícia ferroviária te contactar.

- A polícia?

Philip pousou a chávena de café na mesa.

- Durante a viagem de comboio, algures entre Roma e Paris, o Luigi perdeu a pasta de documentos dele - continuou Jessica. - Temos esperança de que a polícia ferroviária a consiga recuperar. No caso de o conseguirem, ou melhor, para quando o conseguirem, demos esta morada. Espero que não te importes...

- Não desapareceu, foi roubada. - A voz severa de Luigi e a expressão ainda mais severa do seu rosto pareciam ser dirigidos totalmente para Jessica. - Uma família que partilhou a carruagem connosco deve tê-la roubado. A polícia tem sido inútil. Não perceberam a gravidade da situação.

Jessica mexia nos botões do seu casaquinho, evitando o olhar do seu amigo.

- Vá lá, Luigi. Já falámos sobre isto demasiadas vezes. Não sabes se foi aquela família que a levou e, mesmo se tiver sido, foi com certeza um mal-entendido.

Embora Philip não pudesse ver a troca de olhares, podia sentir o ambiente, que definitivamente tinha gelado.

- Tenho a certeza de que vai aparecer, mas, se não aparecer, podes sempre dar o desafio à Janie para a encontrar - disse ele, tentando animar os ânimos.

- Agora fiquei curiosa - retorquiu Jessica, grata pela mudança de tópico.

- É melhor explicares, princesa. Caso contrário, a tua tia vai imaginar todo o tipo de coisas.

- Ok. Bem, acontece que eu tenho uma atividade paralela.

- Parece algo que um vigarista diria durante a guerra.

Jessica ergueu uma sobrancelha.

- Tropecei nisso, por acaso....

- Deixa-me adivinhar: está relacionado com a tua paixão pela Agatha Christie...

- Como é que adivinhaste?

- Digamos que fiquei a conhecer bastante bem a minha sobrinha preferida durante os anos em que a vi crescer.

- A tua única sobrinha, queres tu dizer?...

- Quando me mudei para cá tinhas cinco anos, a caminhar para os quinze. Quando me fui embora já sabias bem o que querias. Lembro-me que sempre que era a tua vez de enxaguar tinhas a cabeça enfiada num livro da Agatha Christie.

- Era sempre a minha vez! - exclamou Janie a rir-se.

- Então, tenho razão?

- Sim, de facto. Comecei isso por várias razões, mas parece que sou suficientemente boa para alguém me pagar pelo trabalho. O suficiente para poder comprar à Michelle o lindo carrinho de bebé Silver Cross.

- Estamos a falar de detetive privada?

- Mais ou menos. Embora isso soe muito oficial. Mais como uma intrometida numa missão. E, sim, tens razão, a Agatha Christie é a culpada. Na verdade, o Poirot, mais especificamente.

- O que pensas disto tudo, Phil? Parto do princípio de que a Janie desistiu disso quando ficou grávida... - disse Jessica, olhando para Michelle, que tinha começado a resmungar de uma forma que facilmente se confundiria com os gemidos de um gatinho.

- Nem só um bocadinho - respondeu Philip.

- Portanto, aviso já - ripostou Janie - que consigo cheirar um mistério a dez metros, só preciso de uma pista.

- Bem, não há pistas a reportar. Pelos menos, não hoje - declarou Jessica, passando Michelle para o colo de Janie. - De volta à tua mãe, pequenita. Vou subir para mudar de roupa. Estou com esta há uma eternidade! Deixo-vos aos três para se conhecerem melhor.

Luigi tirou os cigarros do bolso do casaco e puxou de um isqueiro em miniatura que estava ao fundo do bolso, olhando para Janie por cima do cigarro antes de o acender. Ela levantou-se e foi buscar um cinzeiro que estava na mesa lateral, colocando-o na mesa em frente dele.

- Sabemos um pouco sobre as viagens da Jessica através das cartas e dos postais dela, mas tenho a sensação de que o tempo que passou em Itália foi especial - começou Philip.

- Não há nada como a hospitalidade italiana, mas talvez eu seja um pouco tendencioso. É um país que nos amarra, portanto, difícil de deixar, mas tenho a certeza de que sabe que a sua irmã não é o tipo de pessoa para ficar no mesmo sítio por muito tempo.

- É assim desde criança. Sempre pronta para a próxima aventura, com pouca capacidade de atenção. Tivemos sorte de ter ficado connosco tanto tempo. Mais do que sorte, estamos-lhe eternamente gratos, na verdade.

- O seu acidente deve ter sido difícil para si e para a sua filha.

Philip sorriu.

- O que não nos mata, torna-nos mais fortes, não é o que dizem? E eu tenho o Charlie para me manter na linha.

- O Sr. Chandler, tem viajado muito?

A forma como Luigi fumava o cigarro não era nada pacífica e, a cada respiração, o rosto ficava cada vez mais tenso.

- Por favor, chama-me Philip. Fui ao estrangeiro por causa da guerra, mas isso não conta como viajar. Quando a Janie era bebé, limitámo-nos a passear e, de vez em quando, íamos acampar. Quando se vive à beira-mar, cada dia pode ser umas férias. E tu, Luigi? Vives na cidade?

- Cresci em Anzio, que foi onde conheci a sua irmã. A Jessica disse que esteve lá durante a guerra.

Philip estendeu a mão para dar uma festinha a Charlie.

- Não tenho recordações felizes de Anzio. A guerra destruiu muitas vidas. Não estou apenas a referir-me àqueles que morreram. Tento não pensar muito nisso hoje em dia, mas estou certo de que a tua cidade é um sítio muito mais feliz agora.

Enquanto Janie via o pai falar, reparou numa nuvem negra que lhe passou pelo rosto ao se referir ao passado. Entretanto Luigi acabou de fumar o cigarro e apagou-o no cinzeiro.

- Se me dão licença, é a minha vez de mudar de roupa. Qual é o meu quarto?

- Eu mostro.

Janie preparou duas almofadas ao canto do sofá para deitar Michelle. Depois, fez um gesto para Luigi a seguir até ao andar superior, deixando-o no quarto para se instalar e regressando à sala de estar. Charlie tinha mudado de sítio e estava agora entre Philip e Michelle.

- Coitado do Charlie, está dividido entre tomar conta de ti e manter um olho no novo membro da família. - Pegou em Michelle ao colo e pousou a mão no ombro do pai. - Preciso de preparar o biberão da Michelle. Vem comigo para a cozinha, pai.

Assim que pôs a chaleira ao lume, virou-se outra vez para o pai.

- Estás bem? Sei que não gostas de te recordar dos tempos da guerra.

- Estou bem. Porém, fiquei a pensar sobre o amigo da tua tia. Ele é um homem bastante jovem.

- Admite que estás tão fascinado por ele quanto eu.

- Deve ser difícil participar numa reunião de família quando se é apenas um conhecido.

Janie aproximou-se do pai e pôs a mão no ombro dele.

- E agora, quem é que está a tentar tirar nabos da púcara? Pensei que eu era a única a ter curiosidade sobre as relações das outras pessoas.

- Deves ser filha do teu pai, então.

- Bem visto.

Depois de colocar o biberão a aquecer, sentou-se ao lado de Philip, balançando Michelle numa tentativa de lhe acalmar o choro.

- Ele é cerca de dez anos mais novo que a Tia Jessica.

- Estou a imaginar um Romeu italiano bem-parecido.

- É alto, magro e robusto e, se gostares de robusto, sim, é bem-parecido, acho eu. Tem um bronzeado espetacular. Não, não é bem isso, não é bronzeado, é mais bronze polido.

- Acho que já estou a imaginar.

- Queres dar o biberão à tua neta?

Janie colocou Michelle no colo de Philip e, assim que Michelle começou a beber com satisfação, ela continuou a falar.

- Ele gosta de observar as pessoas.

- Interessante...

- Durante todo o tempo em que estivemos a conversar, ele esteve a observar as nossas expressões, principalmente as tuas.

- Talvez nunca tenha conhecido um cego antes.

- Era mais do que isso.

Philip fez uma pausa para mexer ligeiramente o braço de forma a apoiar a cabeça da bebé.

- Parece que já formaste uma opinião sobre ele.

- São apenas as primeiras impressões, eu sei, mas há algo nele que não é completamente honesto.

- Isso é conversa de Poirot? Lembra-te que o Luigi é amigo da tua tia, por isso, temos de lhe dar o benefício da dúvida.

- Será que são só amigos ou algo mais?

- Com certeza que a Jessica nos dirá no tempo certo.

Janie levantou-se e dirigiu-se à janela. O céu nublado lançava uma luz sombria sobre o jardim das traseiras. Viu um melro saltitando sobre a relva até que voou para um ramo da macieira.

- Precisamos de deixar mais comida para os pássaros, pai. Estão a fazer o ninho e daqui nada vão precisar de alimentar as crias. E água também. Lembra-me para arranjar uma taça ou algo assim.

- Janie, estás preocupada com a Jessica? Achas que o Luigi é má rês?

- Não consigo perceber bem por agora, mas não te preocupes. Agora que está aqui em casa connosco podemos tomar conta dela.

- Ela poderá não gostar disso. É adulta e há muitos anos que tem tido a sua própria vida. Não nos cabe a nós interferir.

- Eu sei, ignora-me. Estou a ver coisas que não existem. Agora, deixa-me pegar na Michelle, pois já acabou o leite.

O perfume de Jessica antecipou a chegada dela à cozinha e a conversa foi interrompida.

- Agora já me sinto humana outra vez! Toma - disse ela, dando a Philip uma cafeteira italiana para ele examinar.

Philip passou as mãos pelo objeto a tentar perceber as suas caraterísticas.

- Não tem cabo nem ficha, por isso, não deve ser elétrico.

- Não, coloca-se ao lume e, uns minutos mais tarde, bebem a melhor chávena de café que já alguma vez beberam. Também trouxe duas embalagens de café.

Tirou a cafeteira italiana das mãos de Philip, desenroscou-a e encheu a parte de baixo com água fria. Depois, encheu o pequeno cesto de metal com café em pó, comprimiu-o, enroscou as partes uma na outra outra vez e colocou a cafeteira ao lume.

- Peço desculpa pela explosão de raiva do Luigi há pouco.

- Não tens nada de pedir desculpa. Uma viagem tão longa deixa qualquer um de mau humor.

- Não é propriamente a viagem, é a situação com a pasta de documentos. Ele ficou possesso quando descobriu que tinha desaparecido. Nunca o tinha visto assim, mas fez-me perceber que não sei nada sobre ele. Não sei bem porque é que concordei em deixá-lo vir comigo. Não pensei bem no assunto, sinceramente, mas, agora que estou aqui, que o trouxe para a tua casa, para junto da nossa família, bem...

- Preocupas-te demasiado - retorquiu Philip. - Oh, já sinto o cheiro do café! É quase inebriante!

- Vocês os dois vão sentar-se a relaxar enquanto eu preparo o tabuleiro. Sabes, acho que o Charlie II é ainda mais dedicado a ti, se isso for possível, do que o teu primeiro cão-guia. Era amoroso, mas era notório que preferia ir para o jardim brincar à bola com a Janie.

- Tinha personalidade, mas este também tem, só é um pouco mais sério, o que me serve muito bem, não é, Charlie?

- Bem, se o teu dono está contente, então, eu também estou.

Jessica baixou-se e despenteou a cabeça de Charlie, mas os olhos do cão mantiveram-se no dono.

- Janie, queres ir chamar o Luigi para se juntar a nós?

Janie deixou Michelle com Philip e saiu para o vestíbulo. Conhecia todos os ruídos feitos pela casa da sua infância e, portanto, quando ouviu o som da tábua do chão solta em frente ao quarto do pai, ficou parada ao fundo das escadas. Pouco depois, ouviu novamente o mesmo som. Subiu as escadas em bicos de pé e viu Luigi a sair do quarto do pai. Ele estava de costas para ela e ela manteve-se ao cimo das escadas, à espera de o ver regressar ao seu quarto. Um minuto mais tarde, desceu as escadas e gritou a partir do vestíbulo:

- Luigi, acabámos de fazer café, estamos na sala de estar . Vem ter connosco quando estiveres pronto.

Quando voltou para juntos dos outros, tentou esquecer-se do incidente.

- A tua tia é mesmo muito simpática - disse o Greg quando regressaram a casa nessa noite. - Parece ter um espírito livre.

- Isso é o que faz viajar, suponho.

- Eu não gostava disso. Andar de um lado para o outro, sempre a mudar de emprego...

As fraldas lavadas precisavam de ser dobradas, mas, em vez disso, Janie tirava uma de cada vez do cesto da roupa, abanava-a e colocava-a no monte, como se para as dobrar fosse preciso demasiada concentração.

- Greg, aconteceu uma coisa estranha há bocado, antes de tu chegares.

- O que foi?

- Fui lá acima chamar o Luigi para o café e viu-o a sair do quarto do meu pai.

- Estás a brincar?... Perguntaste-lhe o que estava lá a fazer?

- Não, não quis que soubesse que o tinha visto.

- Talvez quisesse uma gravata emprestada - disse Greg, sorrindo de esguelha.

- Não tem piada. Não gosto da ideia de um estranho a deambular pela casa do meu pai. Não sabemos nada dele e não é que o meu pai o possa ter debaixo de olho. Pode ser um ladrão, ou pior.

- Não comeces. Sei que tens uma boa intuição, mas desta vez ela pode estar a levar-te para um beco sem saída. Fala com a tua tia sobre isso. Diz-lhe o que viste e tenho a certeza de que ela irá tranquilizar-te.

CAPÍTULO 4

QUINTA-FEIRA – CASA DE HÓSPEDES DA SR.ª SUMMER

NA MANHÃ SEGUINTE, JANIE não estava nada tranquilizada e, pouco depois do pequeno-almoço, foi com o carrinho de bebé até à casa de Philip. Enquanto caminhava, refletia novamente sobre o comportamento de Luigi, tentando decidir como iniciar a conversa que planeava ter com a tia, longe das orelhas do pai.

A sorte estava do lado dela. Quando chegou, descobriu que Philip tinha saído para dar o seu passeio matinal com o Charlie e Jessica estava a lavar roupa. Tinha as mãos cheias de espuma de sabão.

- Chegaste na altura certa. Deste-me a desculpa que precisava para parar - disse ela, enxugando as mãos.

Depois de Janie lhe ter exposto as suas preocupações, Jessica disse:

- Devíamos ir falar diretamente com ele para lhe perguntar o que estava a fazer. Porque é que andaria a bisbilhotar no quarto do teu pai? Tenho de admitir que tem tido uma fixação em conhecer o Phil, fazendo-me perguntas sobre o tempo dele na guerra... Enfim, o teu pai é hospitaleiro e ele paga-lhe a ser intrometido! Vou ter uma conversinha com ele... Realmente detesto confrontações, mas quanto mais tempo passo com ele, mais duvido dele.

- Não te preocupes, tive uma ideia. Vamos ver se a Rosetta tem um quarto livre.

- A Rosetta?...

- Ela é amorosa e é italiana. Não podia ser mais perfeito. Ela gere uma casa de hóspedes à beira-mar.

- Tens a certeza de que não estamos a passar o problema para a Rosetta? Não me parece justo. E como vamos justificar a sua expulsão ao fim de apenas uma noite?

- Podemos explicar que o quarto que lhe demos é tão pequeno que só pretendia servir como uma breve passagem na primeira noite, o que é verdade. Tem sido o quarto de arrumos do pai há anos. Meti tudo no sótão quando ficámos a saber que trazias um amigo. Em todo o caso, quando ele descobrir que a Casa de Hóspedes da Sr.ª Summer é gerida por alguém do país dele, aposto que vai aproveitar a oportunidade. E não te preocupes com a Rosetta, ela vai mantê-lo sob vigilância.

Jessica sorriu.

- Encaras tudo com tanta positividade? – disse e, depois, ao ouvir a porta da frente a abrir-se e o som das patas de Charlie a aproximarem-se, rapidamente acrescentou: - Uma coisa que ainda não pensaste foi no dinheiro.

- O que queres dizer?

- Estou em crer que a Rosetta não aluga os quartos de graça, apenas pela bondade do coração...

- Bem visto, mas ela vai fazer-nos um bom preço, tenho a certeza. Em todo o caso, o Luigi não esperava ficar aqui a troco de nada, pois não? - Janie tentou ler a expressão na cara da tia, mas não conseguiu. - Eu digo-lhe, se preferires. Talvez seja melhor se for eu a dizer-lhe.

Depois de uma conversa ligeiramente constrangedora e de um telefonema, Janie levou Luigi pela beira-mar até à Casa de Hóspedes da Sr.ª Summer. Rosetta Summer mal tinha acabado de aspirar os quartos dos hóspedes quando a campainha tocou. Tinha acabado de descer os três lances de escadas e chegado ao vestíbulo quando a campainha tocou novamente.

- *Aspetta, vengo!* Estou a ir! - gritou ela, afastando uma mecha de cabelo da cara.

- Rosetta, este é o Luigi - disse Janie, empurrando-o para o vestíbulo. - Desculpa termos vindo um pouco cedo. É que preciso de voltar já para junto da Michelle. Deixei-a em casa do meu pai.

- Entrem. *Piacere*, é um prazer conhecê-lo. Alguém de Itália com quem falar, quão maravilhoso!

Luigi aproximou-se com a mão estendida.

- Obrigada, *Signora* Summer, mas estamos em Inglaterra e devíamos falar em inglês, não acha?

Janie ergueu uma sobrancelha, reparando no sorriso de Rosetta a desvanecer-se.

- Estamos gratos por teres um quarto livre. Dado que é Páscoa, não tinha a certeza se havia muitos hóspedes.

Como ficava a uma curta distância de Londres, Tamarisk Bay há muito que era o destino de férias das pessoas que viviam aí e nos arredores. Os visitantes eram atraídos pelo extenso passeio à beira-mar, pela piscina ao ar livre e pelos vários cafés e restaurantes que recentemente tinham aberto e que faziam crescer um grande entusiamo pela localidade.

A Casa de Hóspedes da Sr.ª Summer ficava na ponta oeste do passeio à beira-mar. Construída no virar do século, a fachada de tijolos vermelhos dava-lhe um ar acolhedor. Porém, a pintura da madeira tinha sofrido com as fortes rajadas vindas do mar, que fustigavam a casa independentemente da época do ano. Nos últimos anos, Rosetta tinha acolhido hóspedes de longa duração, mas naquele ano decidira aproveitar o aumento do número de turistas. O interior da casa de hóspedes era igualmente acolhedor, apesar das decorações gastas. Todos os quartos teriam beneficiado de uma nova camada de tinta, mas isso significava gastar dinheiro que Rosetta não tinha.

Rosetta fez um gesto para a seguirem até à sala de jantar de grandes dimensões, que ficava entre a sala de estar, na parte da frente da casa, e a cozinha, nas traseiras. As únicas janelas na sala de jantar estavam viradas para leste, com vista para uma tira de terreno entre a casa de Rosetta e a do seu vizinho. Ao que parecia, esse terreno baldio não pertencia a ninguém e estava coberto de ervas daninhas e silvas. Como para compensar, o papel de parede da sala de jantar consistia em padrões coloridos de pequenos e grandes buquês de flores. Transmitia tanta alegria à sala que parecia que se encontravam numa florista.

- Vou levar o teu amigo ao quarto dele e, depois de ele se instalar, podemos tratar da documentação.

A voz e a atitude de Rosetta eram agora ríspidas e profissionais.

- A documentação?...

O tom de alarme na voz de Luigi fez com que as mulheres trocassem um olhar.

- Preciso do seu passaporte, para registar alguns dados - explicou Rosetta.

- Houve um incidente infeliz durante a viagem de comboio desde Itália. O Luigi perdeu a pasta de documentos dele.

Janie tinha esperança de que a sua explicação pudesse dissipar a tensão que tinha detetado por parte do companheiro de viagem da sua tia.

- Oh, lamento, mas tem o seu passaporte?

- Sim, aqui está - disse ele, dando o passaporte a Rosetta.

- Só preciso de preencher o registo de hóspedes. - Hesitou e, depois, olhou para Luigi. - Chama-se Luigi Denaro?

- Sim.

Ela devolveu-lhe o passaporte.

- Vou levá-lo ao seu quarto agora. É no segundo andar. A casa de banho fica à esquerda e o seu quarto à direita. Quarto número dois. Espero que se sinta em casa. O jantar é às seis.

Janie esperou no vestíbulo até Rosetta regressar.

- É amigo da tua tia? - perguntou Rosetta calmamente.

- Mais um conhecido. É um bocado estranho, porém. Não o consigo perceber, mal disse uma palavra desde que chegou. Não sei porque é que veio a Inglaterra, mas não parece muito entusiasmado por estar aqui.

A imagem da noite anterior, quando o vira a sair do quarto do seu pai, passou-lhe pela mente.

- Não o conheces, pois não? Pareceu-me que tinhas reconhecido o nome.

- O nome Denaro, lembro-me dele de algum lado. Não importa.

A atenção de Rosetta pareceu desviar-se por um momento como se os seus pensamentos estivessem noutro sítio. Depois, sorriu.

- Pode ser que descontraía um pouco agora que está aqui comigo. Recordações do país natal, ei? E amanhã tenho outro hóspede a chegar de Itália.

- Um amigo teu?

- Não, acho que é um homem de negócios.

- O que é que um homem de negócios italiano vem fazer aqui a Tamarisk Bay? Será que vai abrir outro café? Concorrência para o Jefferson... Tenho de dizer ao Richie para ficar atento...

Janie sorriu.

- Só sei o nome dele: Sr. Bertrand Williams.

- Parece inglês. Talvez tenha família aqui, embora não seja um nome que reconheça em Tamarisk Bay, apesar de ter andado na escola com uma Margaret Williams.

Janie continuava a tagarelar sem se aperceber de que Rosetta mal a ouvia.

- Estou contente que tenhas vindo cá hoje. Tenho uma ideia. Amanhã é Sexta-feira Santa. Queria fazer um jantar especial e gostava de conhecer a tua tia. Vêm? Tu, o Greg, o teu pai? Traz a bebé também. Não a vejo há mais de uma semana e nestas idades os bebés mudam todos os dias.

- Tens a certeza? É muita comida para cozinhar... E se cada um de nós trouxesse qualquer coisa?

- Tem de ser peixe. Só se pode comer peixe na Sexta-feira Santa. Eu cozinho.

- Ok, eu digo a toda a gente.

- Fala com a Libby e a avó dela também.

- Ok, mas agora tenho de dar corda aos sapatos ou ficarei em grandes sarilhos. E os teus sogros? Eles vêm de Tidehaven?

- Não, eles estão demasiado debilitados para saírem à noite. Vou vê-los no Domingo de Páscoa, depois de preparar o pequeno-almoço aos meus hóspedes.

- É pena que não tenhas família aqui.

Janie pousou a mão no ombro de Rosetta para a confortar, mas a italiana afastou-se.

- Tenho amigos - declarou, obrigando-se a sorrir.

- Ok, amanhã, então. A que horas?

- Às seis e meia.

- Seis e meia, combinado. Tenho de correr ou a Michelle vai começar a gritar pelo próximo biberão.

Lá em cima, no quarto número dois, Luigi abria as malas de viagem. Uma das malas continha todas as camisolas que tinha. Assim que chegara a Inglaterra sentira logo a necessidade de vestir camadas extra. A segunda mala estava parcialmente cheia de cigarros. Achara que deveria ser difícil encontrar a sua marca preferida em Tamarisk Bay, portanto, tinha vindo bem prevenido.

Fumara o seu primeiro cigarro quando, aos quinze anos, ficara sozinho em casa durante um fim de semana. O pai estava fora em negócios, como de costume, e a mãe tinha viajado até Bolonha. Era raro a mãe sair de Anzio. De vez em quando ia passar um dia a Roma, voltando com um novo par de sapatos ou uma mala de mão. Dissera-lhe que a viagem a Bolonha era a uma modista que tinha sido recomendada por uma amiga. Lembrava-se de como ela estava cheia de expectativa, como uma adolescente a ir à sua primeira festa. Era um mistério para ele como alguém podia entusiasmar-se tanto com roupa. Para ele, era apenas algo que precisava de ser lavado e devidamente passado a ferro, uma chatice acima de tudo.

Antes de sair para o fim de semana dedicado à moda, ela mostrara-lhe a comida no frigorífico e nos armários, explicando-lhe o que tinha preparado para cada refeição de forma tão meticulosa que ele prometeu a si próprio passar o fim de semana inteiro fora de casa. Ao regressar, ela encontraria a comida intacta. Era um pequeno ato de rebeldia.

Assim que ela saíra, tinha ido ao quarto dos pais. Não se lembrava da última vez que lá tinha estado. Quando era bebé, provavelmente. Abrira os roupeiros. O do pai estava cheio de fatos, ordenadamente arrumados, com os sapatos aos pares alinhados na parte de baixo.

Uma onda de perfume atingira-o em cheio ao abrir o da mãe. Recuou, como se tivesse de súbito sentido a sua presença, mas na realidade era apenas o seu cheiro. A seguir, sentara-se no toucador dela e abrira as caixas de jóias e de bugigangas que cobriam a superfície. Reconhecera o duplo colar de pérolas, um presente recente do pai. Ela desembrulhara-o em frente a Luigi e pedira-lhe para a ajudar a fechar o fecho. Havia uns brincos a condizer também. Tinha sido o último presente de muitos. Cada vez que o pai voltava de uma viagem de negócios, trazia-lhe um presente. Às vezes era perfume, de vez em quando flores, mas a maioria das vezes eram jóias. Porém, agora, ao mexer nas jóias, apercebia-se de que ela não levara nenhuma consigo na viagem de compras.

Ao se afastar do toucador da mãe, passara pela cama. Ao contrário da sua, que tinha apenas uma colcha de linho, a cama deles tinha uma colcha sumptuosa de cetim e um monte de almofadas altas de seda. Em cada lado da cama havia uma mesinha de cabeceira de pau-rosa. Abrira um das gavetas, sem saber se era o lado da mãe ou do pai. Porém, ficara a saber assim que a abrira. Lá dentro, entre uma carteira de pele, lápis e, estranhamente, um apito de prata, estava um maço de cigarros. Nunca vira a mãe fumar, mas raramente vira o pai sem um cigarro na mão. Aquele era, portanto, o melhor ato de rebeldia. Pegara no maço, tirara um cigarro e colocara-o na boca, apreciando a sensação. Esticara a mão até ao fundo da gaveta e descobrira um isqueiro. Segurara-o na mão por um momento, admirando-o. O corpo do isqueiro era de um verde muito pálido, talvez ónix, e a parte de cima e o mecanismo eram de prata. Ele acendera-no, o mecanismo funcionara e surgira uma pequena chama brilhante. Acendera o cigarro e dera uma longa passa.

Agora, quinze anos depois, de pé no centro do quarto número dois da Casa de Hóspedes da Sr.ª Summer, repetiu a ação e sentiu-se bem.

CAPÍTULO 5

Sexta-feira Santa - Casa de Hóspedes da Sr.ª Summer

Quando os Chandlers e os Jukes entraram na casa de hóspedes na noite seguinte, os aromas que flutuavam vindos da cozinha de Rosetta teriam tentado até o mais acérrimo defensor da dieta.

- Cheira a banquete.

Janie pousou o saco de compras na bancada da cozinha antes de tirar de lá de dentro o conteúdo.

- Só fiz umas coisas, alguma massa...

- Alho, tomate e... cheira mais a quê?

- *Cozze*. Mexilhão fresco da peixaria, de hoje.

- Mexilhão de Tamarisk Bay à moda da Rosetta? Parece delicioso! Trouxemos cervejas e chocolates. Posso pô-las no frigorífico?

- *Si*. Vão para a sala e sentem-se. Onde está a bebé?

- Deixámos a Michelle com os meus pais esta noite - informou Greg. - A minha mãe não se farta dela. O problema é que ela passa o tempo a dormir, por isso, não me surpreenderia se a minha mãe a acordasse só para a poder ter ao colo.

A Casa de Hóspedes da Sr.ª Summer era um pouco maior do que a casa de infância de Janie, mas não de uma forma ostensiva. As cornijas ornamentadas e as rosas decorativas do teto na sala de jantar fascinavam Janie, tal como a vitrine que quase chegava ao teto e que preenchia o espaço ao lado da lareira. A primeira vez que Janie tinha visto a coleção de bules de porcelana de todas as cores e tamanhos, elogiara-os junto a Rosetta, mas, mais tarde, apercebeu-se que aquela coleção era uma escolha improvável para uma italiana, principalmente uma que detestava beber chá. Um dia, inquirira Rosetta sobre isso e ela dissera-lhe que os bules tinham passado para o marido como herança da avó.

- Lembram-me do meu marido, - dissera - embora ele os detestasse. *Para que serve ter tantos bules*, dizia ele, *só precisamos de um para beber uma boa chávena de chá forte*.

Ao falar como se fosse o marido, tentara alterar a voz para imitar como se lembrava dele, baixando o tom para um grunhido profundo e rouco, que fizera Janie sorrir.

Os convidados sentaram-se ao redor da mesa, deixando duas cadeiras vazias para os hóspedes mais recentes de Rosetta: Luigi e Bertrand Williams. Charlie tinha-se aninhado por baixo da cadeira de Philip, com a cabeça pousada nos pés do seu dono, pronto para abocanhar uma migalha ou bocado de comida que pudesse descer da mesa. As bebidas foram servidas e a conversa animou-se. Rosetta foi e veio da cozinha, trazendo vários pratos até que a mesa ficou completamente cheia, mal deixando espaço para o jarro de água.

Janie olhou à volta, com uma sensação de grandeza à moda antiga. A mesa de mogno tinha uma toalha pesada de damasco, posta com copos e talheres bem polidos.

Em toda a sua vida, apenas tinha estado noutra casa de hóspedes. Ela e Greg tinham passado as primeiras duas noites como recém-casados perto de Brighton num sítio grandiosamente descrito no anúncio como um "hotel rural". Porém, na verdade, o B&B Twilight não era nada mais que uma pensão, apesar de ser agradável. Aos recém-casados tinha-lhes sido atribuída a melhor mesa do pequeno-almoço, junto à janela saliente. O outro casal que lá estava hospedado ficara com a mesa perto da portinhola de serviço, por onde os aromas da cozinha flutuavam. Todas as mesas estavam dispostas apenas para duas pessoas e ela perguntara-se o que aconteceria se ficasse ali hospedada uma família. As pequenas mesas tinham toalhas de linho brancas e a loiça azul e branca era robusta e funcional. No aparador, a escolha de comida para o pequeno-almoço limitava-se a cereais e Weetabix. O sítio era tão silencioso que, quando Greg murmurara para ela lhe passar o ketchup, ela tivera imensa vontade de rir.

Na sua sala de jantar, Rosetta tinha assumido um ar de elegância descontraída. Um pano de renda adornava o tampo do aparador e, no centro, estava uma taça de fruta de cristal cheia de laranjas e maçãs. Taças de vidro mais pequenas continham nozes e amêndoas por descascar, com um par de quebra-nozes enfeitados em cima. Era como se Rosetta quisesse replicar a abundância da sua terra natal em Tamarisk Bay.

- As azeitonas e os palitos de pão, onde os encontraste? Deves conhecer uma loja secreta... - comentou Jessica. - Só estou de volta há dois dias e já sinto saudades da comida italiana! Não fazia ideia que se pudesse comprar produtos italianos aqui.

- Há uma loja em *Little Italy*. É como entrar na minha loja preferida da minha aldeia em Puglia.

- *Little Italy*? Pequena Itália?

Jessica colocou mais azeitonas no prato, sorrindo quando Janie mordiscou uma e fez uma careta.

- Em Londres, no bairro italiano. - A expressão de Rosetta era melancólica. - É maravilhosa, devia lá ir um dia.

- Estiveste em Londres há pouco tempo? - perguntou Janie.

Rosetta ficou em silêncio e, antes de responder, pegou no jarro de água e encheu os copos.

- Vou quando posso - disse finalmente, evitando olhar para Janie.

- Esperemos que os *outros compromissos* da Libby valham a pena, para perder todos estes sabores de Itália - retorquiu Janie.

- Ela teve um encontro amoroso? - perguntou Rosetta.

- O Ray e a Libby são quase inseparáveis. Ela está sempre a dizer o quanto quer ir a Itália e agora perdeu a oportunidade para uma aprendizagem vital. Como é o teu novo hóspede, Rosetta? Sr. Williams, certo?

- Parece simpático - respondeu Rosetta. - É como se imagina que seja um homem de negócios inglês: muito correto, com ar sério e o seu cachimbo.

- Isso parece muito engraçado quando dizes dessa maneira - ripostou Janie.

Rosetta mexeu no seu colar de âmbar antes de acrescentar, dirigindo-se a Jessica:

- O teu amigo conhece-o.

- O Luigi conhece-lo? - perguntou Jessica.

- *Si*.

Rosetta levantou-se, encheu o seu copo com água e voltou a sentar-se.

- Isso é uma coincidência estranha - disse Greg, olhando para Rosetta para que ela explicasse melhor.

- Quando o Sr. Williams chegou esta manhã, o Sr. Denaro estava a sair da sala do pequeno-almoço. Encontraram-se no vestíbulo e falaram um com o outro.

- Se o Luigi sabia que ele tinha vindo de Itália, poderia estar a dar-lhe as boas-vindas - retorquiu Philip.

- Não, o Sr. Denaro não estava contente. Disse umas palavras ao Sr. Williams com um ar sinistro.

- Que queres dizer, Rosetta? - perguntou Janie.

- Só sei o que vejo, o que ouço. Ele estava zangado.

Quando Rosetta estava irritada, a voz subia de tom, que era o que se passava naquele momento.

- Não estamos a duvidar de ti. É só porque parece estranho - disse Janie.

- Talvez conheça esse Sr. Williams - retorquiu Jessica. - Tem piada, pois o Luigi pensou que tinha reconhecido alguém no comboio de Roma para Paris. Que mundo pequeno este seria se o mesmo homem aparecesse aqui.

Rosetta resmungou, mas não disse mais nada e regressou à cozinha, aparecendo novamente com mais azeitonas. Havia música italiana a tocar e Jessica começou a trautear uma das canções.

- Oh, esta é uma das minhas preferidas! Tocava o tempo todo no bar onde o Luigi trabalhava.

- Um pouco diferente dos teus gostos musicais anteriores... - gracejou Philip. - Lembro-me de quando vieste viver connosco e puseste a tocar o *"Rock Around the Clock"* do Bill Haley em loop. Quase me levou à loucura!...

- Então, e tu e o Frank Sinatra? - respondeu Jessica. - Coitada da Janie, não tinha hipótese. Lembras-te quando ela nos pediu para comprar aquele disco da Rosemary Clooney? Como é que se chamava?...

- *"Mambo Italiano"*. Lembro-me de o ouvir no rádio do pai e dançar ao som dessa música. Devia ter uns nove ou dez anos - disse Janie, fechando os olhos a tentar recordar-se dos primeiros compassos da música.

- Começou cedo! - exclamou Philip a rir-se.

- Onde estarão os outros convidados? Devíamos começar a comer ou a comida estraga-se. - Jessica levantou-se e dirigiu-se à cabeceira da mesa. - Vou procurá-los. Sabem como são os homens, não têm ideia do que é necessário para preparar uma refeição como esta.

- Não, eu vou – disse Rosetta, ainda num tom irritado.

Os minutos seguintes foram recordados de forma diferente por cada uma das pessoas à volta da mesa. Jessica estava certa de que tinha passado um ou dois minutos antes de se ouvir o grito estridente que imediatamente destruíra o convívio noturno. Por mais que tentasse, Greg apenas se recordava do ladrar de Charlie, que quase abafou o grito.

Enquanto Janie achava que fechar os olhos ajudava a lembrar-se de acontecimentos passados, Philip não precisava de fechar os olhos. Toda a informação que precisava vinha da audição e na capacidade que desenvolvera para detetar movimento. Talvez tivesse sido a mudança subtil no ambiente à sua volta, ou as vibrações, mas, o que quer que tivesse sido, ele sabia que, durante esses primeiros segundos depois de Rosetta gritar, todos os convidados ficaram completamente paralisados. E em silêncio.

Janie fora a primeira a mexer-se. Correra para o vestíbulo, gritando o nome de Rosetta.

- O que foi? Estás bem?

Sem esperar resposta, subira os três lances de escadas a correr até chegar aos quartos dos hóspedes. Jessica ficara ao fundo das escadas enquanto Philip tentava acalmar Charlie. Nos minutos seguintes, Philip apenas ouvira vozes abafadas, passos e alguém a chorar. Sentira a mão de Greg no seu ombro quando se ouviu o segundo grito, não tão estridente como o primeiro, mas de certa forma mais arrepiante. Depois, reconhecera os passos da filha quando ela voltou para a sala de jantar.

- O que se passa, Janie?

- Pai. - Ele sentira a mão dela a tremer quando ela lhe dera a mão. - É algo terrível.

- Diz-me, diz-me o que aconteceu.

- É o Sr. Williams. Está morto. Está deitado na cama, morto.

CAPÍTULO 6

Sexta-feira Santa – Casa de Hóspedes da Sr.ª Summer

Ao chegar ao patamar, Janie vira Rosetta à porta do quarto número três com as mãos a tapar a cara. Parecia uma estátua de mármore, com o rosto pálido e quase sem respirar. Quando Janie se aproximara, Rosetta gritara novamente, mas desta vez mais baixo, como se as emoções se tivessem esgotado. Janie sentira-a a tremer quando colocara os braços às volta dos seus ombros.

– Pronto, já passou.

Enquanto falava, olhara por trás de Rosetta, para o quarto do homem que tinha atrasado o jantar. O Sr. Williams estava deitado na cama, devidamente vestido e sem se mexer.

– Vem comigo, tiveste um choque terrível.

Guiara Rosetta na direção das escadas, fechando, de passagem, a porta do quarto do Sr. Williams. Ao chegarem ao andar de baixo, Janie levara Rosetta até ao seu quarto, fazendo com que ela se sentasse na cadeira de vime ao lado do toucador.

– Vou deixar-te aqui por alguns minutos. Preciso de informar os outros do que aconteceu e fazer uma chamada.

– Não percebo.

Rosetta levantara a cabeça, procurando nos olhos de Janie a confirmação de que os últimos minutos tinham sido um pesadelo e não a realidade.

- Ele está mesmo morto? Tinha acabado de chegar esta manhã...

Rosetta parara de falar e cobrira o rosto com as mãos.

- Oh, não, oh, não... - as palavras saíam abafadas com o choro.

- É um choque terrível, encontrar alguém assim. Não sei se devíamos chamar a polícia, mas vou telefonar ao Dr. Filbert, ele saberá o que fazer.

Janie colocara as mãos sobre os ombros de Rosetta, mas, então, Rosetta levantara-se, afastando-se de Janie.

- A polícia, não - dissera ela.

- Mas o Sr. Williams é um desconhecido e como ele morreu de repente... pensei...

- O quê? O que é que pensaste?

Rosetta falara de forma sibilante, gesticulando com as mãos.

- Os parentes mais próximos, a família, terão de ser informados. Talvez a polícia possa ajudar.

- Queres que a minha casa de hóspedes se torne um sítio onde as pessoas venham morrer? A polícia, não.

Rosetta fulminara Janie com os olhos.

- Não penses nisso agora. Tenta fechar os olhos e descansar. Assim que tenha telefonado ao médico, volto para ver como estás.

Depois de informar os outros e ter telefonado para o Dr. Filbert, não havia mais nada a fazer a não ser esperar. No entanto, havia outra pessoa que tinha faltado ao jantar nessa noite. Não apenas Luigi faltara ao jantar como não tinha saído do quarto quando Rosetta gritara nem depois com toda a agitação de idas e vindas.

Janie caminhou ao longo do patamar e ficou parada em frente ao quarto número dois. Bateu ligeiramente à porta. Depois de bater uma segunda vez, achou que tinha ouvido barulho lá dentro e resolveu arriscar. Abriu a porta, mas descobriu que o quarto estava vazio. A janela de guilhotina estava aberta e as cortinas agitavam-se contra o peitoril. Contornou a cama para ir fechar a janela e o pé embateu em algo. Baixou-se para apanhar o objeto e viu que era uma camisa branca, amarrotada e enfiada debaixo da cama. Ao sacudir a camisa, reparou numa mancha na parte da frente, ao lado do botão de cima. O abajur cor de mostarda do candeeiro do teto tornava a luz do quarto fraca e amarelada, mas, ao observar a mancha com mais atenção não teve dúvidas de que era vermelha, vermelha de sangue. Amarrotou novamente a camisa e voltou a colocá-la onde a tinha encontrado.

O Dr. Filbert chegou vinte minutos depois. Janie levou-o até ao quarto do Sr. Williams e teve a estranha sensação que deveria ter batido antes de entrar. Era difícil de acreditar que por trás daquela porta se encontrava um homem morto, que, apenas umas horas antes, estivera a desfazer a mala. Agora, nada disso importava. Qualquer pessoa podia entrar no quarto e mexer nos seus pertences que ele não daria por nada.

- Devo deixá-lo com... ? - hesitou Janie, sem saber qual o protocolo para este tipo de situação.

O Dr. Filbert entrou no quarto e aproximou-se da cama, mas Janie ficou à entrada. Não conseguia olhar para o corpo sem vida, mas ao mesmo tempo uma ínfima parte dela queria registar todos os pormenores. Viu o médico verificar o pulso e, depois, a abanar a cabeça. O Sr. Williams estava deitado na cama, parcialmente tapado com uma colcha Candlewick laranja. Estava devidamente vestido, com os botões de cima da camisa desapertados e a gravata folgada ligeiramente.

Sentindo-se cada vez mais desconfortável com a ideia de estar a olhar para um morto, Janie deixou o médico a fazer o que era necessário e juntou-se aos outros na cozinha. Jessica estava a lavar a loiça, empilhando os pratos na bancada. Toda a gente perdera o apetite.

- Não sei onde são as coisas e não quero pôr-me a vasculhar - disse Jessica quando Janie pegou num pano. - Achas que a Rosetta vai ficar bem? Se calhar devíamos ir ver como ela está.

- Provavelmente está a tentar descansar, embora aposto que nenhum de nós vá ter uma noite tranquila.

Philip e Greg estavam sentados na mesa da cozinha, prontos para entrarem em ação, mas sem saberem que ação seria mais útil. Todos faziam perguntas sem resposta e avançavam com teorias absurdas.

- Coitado do homem - disse Philip. - Se ele sofria do coração, se calhar a viagem foi demais para ele.

- Tenho pena é da Rosetta - ripostou Greg. - Primeiro, toda aquela preocupação com o Hugh Furness e agora isto. A coitada da mulher vai pensar que está amaldiçoada.

- Não faz sentido estarmos a especular nesta altura. Só daqui a vários dias é que vamos saber a causa da morte. Na verdade, a polícia se calhar nem nos vai dizer nada.

Philip expressara os seus pensamentos em voz alta.

- Porque não nos diriam nada? - perguntou Janie com algum nervosismo.

- Porque não temos nada a ver com isso. Não somos da família, nem sequer somos amigos dele.

Greg pegou na mão de Janie entre as suas.

- Deve ter sido horrível, vê-lo ali deitado... No início, deves ter pensado que ele estava a dormir, não?

- Foi a Rosetta que o encontrou. E, depois, houve aquele grito. Ainda me está a soar aos ouvidos.

- Coitada da mulher - disse Philip, dando festinhas ao Charlie.

Janie largou a mão de Greg e foi até à janela.

- Nunca tinha visto um morto antes. O mais horrível foi que dei por mim fascinada de uma forma bizarra. Posso culpar o Poirot ou achas que sou estranha?

- Um homem perdeu a vida - disse Greg, com uma ligeira irritação na voz. - Como nos sentimos em relação a isso é bastante irrelevante.

- É angustiante para ti, princesa, - interveio Philip de forma a dissipar a tensão - mas se foi rápido, ele não terá sofrido muito. Um fim repentino pode ser uma benção para a pessoa em questão.

Janie virou-se para o pai.

- Não foi nada pacífico. O rosto dele parecia...

- O quê? Como é que parecia?

Greg aproximou-se para colocar o braço à volta de Janie.

- Aterrorizado.

Uma tosse discreta alertou-os para o facto do Dr. Filbert se encontrar à porta da cozinha.

- O corpo será retirado assim que a polícia vier.

- Foi um ataque cardíaco? - perguntou Greg, olhando para o médico.

- É preciso fazer uma autópsia. Nessa altura saberemos com certeza.

Janie acompanhou o médico até ao vestíbulo, apertou-lhe a mão e abriu-lhe a porta da rua.

- Obrigado por ter vindo tão depressa. Foi um choque para todos, mas a Rosseta, ou melhor, a Sr.ª Summer, foi quem ficou pior.

- Quer que lhe receite alguma coisa? Um sedativo ligeiro, apenas para a acalmar?

O Dr. Filbert abriu a mala para tirar o bloco de receitas.

- Penso que ela vai ficar bem. Vou preparar-lhe algo forte, chá com açúcar, ou, pensando melhor, café é capaz de ser mais adequado.

- Experimente um pouco de brandy - disse o Dr. Filbert baixando o tom da voz para um murmúrio. - Não lhe vai fazer mal nenhum.

- Deve ser inédito, - sorriu Janie, expressando os seus pensamentos em voz alta - um médico a receitar bebidas alcoólicas.

- Não fui eu quem o disse - respondeu o Dr. Filbert, sorrindo-lhe de forma tranquilizadora.

Quando o médico se virou para se ir embora, dois outros visitantes surgiram no caminho de acesso à casa. Um vestia o uniforme da polícia e o outro Janie conhecia bem: o Detetive Sargento Frank Bright.

- Sr.ª Juke - disse ele, estendendo a mão. - Não esperava encontrá-la aqui.

- DS Bright.

Janie recuou para o vestíbulo e acenou aos polícias para entrarem.

- Fomos informados que alguém morreu. Este é o Agente Roberts. Viemos inspecionar o local.

- Fala como se tivesse havido um crime.

Ao ouvir vozes, Greg saiu da cozinha.

- Sr. Juke - O DS Bright cumprimentou-o e, depois, virou-se novamente para Janie. - Pode indicar-nos o quarto agora, Sr.ª Juke?

- Não é melhor ires buscar a Rosetta? - perguntou Greg, pousando

a mão no braço de Janie. - Somos apenas convidados. Não nos cabe
a nós indicar o caminho à polícia...

- A Rosetta não está em condições. Eu levo-os lá acima. Tenho a
certeza de que ela não se importa.

Janie virou-se para os polícias, fazendo um gesto para que eles a
seguissem através do vestíbulo e subindo os lances de escadas até ao
andar dos quartos dos hóspedes, onde se encontrava o corpo do Sr.
Williams.

- Pode deixar-nos por agora. Vamos tirar fotografias e fazer
apontamentos. Iremos informar quando terminarmos.

- Fotografias?

- Alguém tocou ou moveu alguma coisa no quarto desde que o
corpo foi encontrado?

- Não. Pelo menos, acho que não.

- Acha que não?

- Tenho a certeza de que a Rosetta não tocou em nada. Estava
em choque. O grito dela alertou-nos, mas estou certa de que ela
ficou paralisada e não se mexeu do lugar. Ainda estava paralisada no
mesmo sítio quando a vi, ali no patamar.

A mão de Janie apontou para o patamar vazio. A imagem de
Rosetta ali ainda estava bem viva na sua memória.

- Estou a ver. Portanto, foi só a senhora e a Sr.ª Summer?

Janie seguiu o olhar do detetive enquanto este examinava o
quarto. Ele tinha visto algo que lhe levantava suspeitas. O que teria
sido? Antes que ela pudesse perguntar, ele disse:

- Feche a porta quando sair.

Meia hora mais tarde, todos ouviram os passos pesados do DS
Bright e do Agente Roberts a descer as escadas. Antes que alguém
pudesse dizer alguma coisa, o DS Bright aclarou a garganta.

- Preciso de uns minutos da vossa atenção.

Jessica convidou os polícias a sentarem-se com um gesto, mas o
detetive abanou a cabeça.

- Vamos falar convosco individualmente. Seria possível vir um de
cada vez até à sala de estar?

- Como de certo compreende, somos todos convidados aqui -

declarou Philip. - A senhora que gere a casa de hóspedes é a Sr.ª Summer. Foi ela quem encontrou o falecido.

- Sim, é verdade. Claro que também preciso de falar com a Sr.ª Summer, mas primeiro queria falar com cada um de vós durante uns minutos. É necessário falar com mais alguém?

- Quer dizer, outros convidados? - perguntou Janie, sentido a necessidade de ser obtusa.

- Falta o Luigi - retorquiu Greg, ignorando o sobrolho franzido de Jessica.

- Luigi?

- Luigi Denaro. É outro hóspede - explicou Jessica.

- Estou a ver. E onde se encontra neste momento o Sr. Denaro?

- Não tenho a certeza - respondeu Janie.

Se o DS Bright reparou na troca de olhares entre Janie, Greg e Jessica, optou por ignorá-lo.

- Sr. Chandler, se puder vir connosco...

Philip deu um ligeiro pontapé a Charlie, que estava a dormitar e que ficou, então, totalmente alerta e pronto para a ação, guiando Philip até à sala de estar. Atrás deles seguiram o detetive sargento e o agente da polícia.

Philip pouco tinha a declarar sobre a descoberta do corpo, apenas confirmou que tinha ouvido um grito pouco depois de Rosetta ter saído da sala para procurar o seu hóspede.

- Já conhecia o Sr. Williams anteriormente? - perguntou o detetive.

- Não, ele tinha chegado esta manhã, pelo que sei.

- Estou a ver. Fale-me sucintamente sobre as pessoas presentes aqui esta noite.

O detetive sargento foi fazendo algumas anotações à medida que Philip lhe dava uma informação breve sobre cada pessoa que se encontrava à volta da mesa nessa noite.

- E a sua filha seguiu a Sr.ª Summer até lá acima?

- Não propriamente. Ela foi lá acima quando ouviu o grito.

- Mais ninguém foi com ela? O marido, por exemplo?

Philip captou a insinuação subtil do detetive.

- A Janie é perfeitamente capaz de fazer as coisas sozinha - declarou.

- Sem dúvida - foi a resposta curta do detetive.

A seguir foi Jessica a ser chamada à sala de estar, que se tornara uma sala de interrogatório improvisada. Tal como Philip, pouco tinha a acrescentar à imagem vaga dos acontecimentos.

- Sei que acabou de regressar de Itália, não é verdade, Sr.ª Chandler?

- É *Miss* e, sim, cheguei há dois dias.

- O Sr. Denaro era o seu companheiro de viagem?

- Sim.

- Havia algum motivo especial para o Sr. Denaro vir até Tamarisk Bay, além de a acompanhar?

- Foi uma simples coincidência, na verdade.

- Aprendi que as coisas raramente são tão simples como parecem.

O DS Bright aguardou com o lápis a poucos milímetros no bloco de notas. O agente da polícia mudou o peso de um pé para o outro, como se já estivesse cansado.

- Tem alguma ideia de onde possa estar o Sr. Denaro neste momento?

O DS Bright tirou um maço de cigarros do bolso do casaco e ofereceu um a Jessica.

- Não fumo, obrigada.

Ela pensou que se calhar devia ir buscar um cinzeiro, mas, depois, apercebeu-se de que ele estava a aguardar a sua resposta à pergunta que tinha feito.

- Suponho que deva ter ido dar um passeio.

O DS Bright ergueu uma sobrancelha e olhou de soslaio para o agente da polícia.

- Uma hora invulgar para ir passear, tendo em conta que era suposto ir ao vosso jantar...

- Pode ter ido fumar um cigarro - acrescentou Jessica, defendendo o seu amigo ausente.

- Ah, sim.

O DS Bright fez mais algumas anotações e esperou que Jessica continuasse.

- Alguém já falou consigo sobre a pasta de documentos desaparecida?

O DS Bright lambeu a ponta do lápis e olhou para Jessica.

- O Luigi, ou melhor, o Sr. Denaro... Bem, a pasta de documentos dele desapareceu quando estávamos no comboio para aqui vindos de Roma. Informámos o guarda e apresentámos uma queixa formal quando chegámos a Paris. Tenho a certeza de que foi um mal-entendido, alguém pegou nela por engano. No entanto, ele ficou muito transtornado.

- O guarda?

- Não, o Luigi.

- Acha que há uma ligação entre a pasta de documentos desaparecida e a morte do Sr. Williams?

Jessica mordeu o lábio, desejando não ter mencionado o assunto. O detetive continuou a escrever no bloco de notas. Jessica tentou ver o que ele tinha escrito, mas parecia uma espécie de estenografia, palavras abreviadas e rabiscos. Ele parou de escrever e levantou a cabeça.

- Porque é que o Sr. Denaro decidiu ficar aqui na Casa de Hóspedes da Sr.ª Summer?

- Não há assim tantas casas de hóspedes em Tamarisk Bay... Além disso, a Janie conhece a Rosetta. Ela recomendou-a.

- Ah, sim, a Sr.ª Juke. Parece que ela conhece muita gente nas redondezas.

- É bibliotecária e viveu em Tamarisk Bay toda a vida. É normal que conheça toda a gente.

- Sim, é verdade. Quanto ao Sr. Williams, também chegou de Itália e instalou-se nesta casa de hóspedes.

- Sim.

- Encontrou o Sr. Williams na sua viagem de comboio até aqui?

- Não.

- Hum. - O DS Bright olhou para Jessica, que tinha corado entretanto. - Tem a certeza disso?

- Não tenho a certeza onde quer chegar, Detetive Sargento.

- Só estou a fazer perguntas, minha senhora, e a escrever as respostas. Bem, já terminámos, por agora. Obrigada pelo tempo dispendido. Agente, leve a *Miss* Chandler de volta à cozinha e peça ao Sr. Juke que venha até aqui.

Enquanto esperava que Greg chegasse, o DS Bright folheou o bloco de notas. Acrescentou alguns pontos de interrogação num ou dois sítios e sublinhou algumas declarações. Depois, olhou para o relógio. Ainda faltava muito para poder regressar a casa para Nikki e os gémeos. Não era a forma ideal de passar a noite de Sexta-feira Santa. Provavelmente o seu jantar estava à espera dele num prato, pronto para ser aquecido por cima de uma panela com água quente. Na verdade, deveria ir primeiro à esquadra da polícia antes de ir para casa para escrever as suas notas de uma forma mais pormenorizada, mas isso podia esperar até de manhã.

Felizmente, mortes inesperadas eram raras em Tamarisk Bay, mas os seus instintos diziam-lhe que aquela poderia não ser de fácil resolução. Roberts fazia parte da sua equipa há pouco tempo, mas, até agora, tinha sido útil. Provou-lhe que era muito observador ao ter reparado numa mancha de sangue num dos lados da almofada do Sr. Williams, o que se tornou evidente quando mexeram no corpo. Havia também outra pequena mancha na parte de baixo da colcha. Porém, nada de claramente óbvio no rosto nem no pescoço da vítima. Seguindo as instruções do DS Bright, Roberts tinha calçado um par de luvas de plástico e esvaziado o cesto de papéis que se encontrava num canto do quarto, perto da janela. Por baixo de dois jornais descartados, havia um lenço. Roberts sacudira-o e mostrara-o ao chefe. Ao centro do lenço, havia uma grande mancha de sangue.

Provas circunstanciais, mas provas de qualquer das formas.

CAPÍTULO 7

Sexta-feira Santa – Casa de Hóspedes da Sr.ª Summer

Greg acompanhou o agente da polícia até à sala de estar e ficou ali de pé por um momento, sem saber se o detetive sargento tinha reparado nele. Este parecia completamente absorvido no seu bloco de notas. Greg clareou a garganta e, nessa altura, o detetive levantou a cabeça.

– Sr. Juke, sente-se.

– Não há muito que lhe possa dizer. Nem sequer fui lá acima.

Greg limpou as mãos suadas às calças. Tudo o que conseguia pensar era por que diabo a sua mulher gostava tanto daquela coisa de ser detetive.

– Vamos um passo de cada vez. Estou só a tentar perceber alguns factos.

O DS Bright forçou um sorriso, pensando por um instante se teria tempo para fumar um cigarro antes do próximo interrogatório. Aproximou o maço na direção de Greg, que abanou a cabeça.

– Nunca fumou, Sr. Juke? Tenho de admitir que desejava nunca ter começado, mas agora que comecei, bem... Enfim, o que estava eu a dizer?... Ah, sim, já conhecia o Sr. Williams?

– Não.

– E o Sr. Denaro? Já o conhecia?

- Nem por isso, não.

- Seja mais específico.

- Chegou com a Jessica, que é a tia da Janie. Conversámos brevemente com ele quando ele ficou na casa do meu sogro. Mas, depois, ele mudou-se para aqui.

- Ah, sim. E porquê?

- O quê?

- Porque é que ele se mudou para aqui?

- A Janie achou que ele estaria mais confortável aqui.

- Ah, sim, a sua mulher.

O detetive fez mais uma anotação no bloco e Greg ficou com a horrível sensação de que, de alguma forma, estava a dizer mais do que era necessário.

Quando Janie se juntou aos polícias na sala de estar, não pôde deixar de pensar nas conversas anteriores que já tivera com o DS Bright. Por várias vezes ela sentara-se em frente ao detetive na sala de interrogatórios da esquadra da polícia, um espaço estéril que podia facilmente passar por uma cela de prisão, se não fosse a falta das barras à porta.

- Já vos ofereceram alguma coisa para beber? - perguntou ela, reparando que o rosto do agente da polícia se animara com a perspetiva de algo para comer.

- Uma chávena de chá caía que nem ginjas - respondeu o DS Bright. - O Roberts pode ir buscar.

Fez um gesto para o agente da polícia, que saiu para ir à cozinha.

- Dá sede fazer perguntas, - continuou o polícia - como sabe muito bem.

- O meu trabalho na biblioteca normalmente implica responder a perguntas, indicar os livros certos, e esse tipo de coisas.

- Ambos sabemos a que tipo de perguntas eu me refiro, Sr.ª Juke. Não seja dissimulada.

- Como está a Nikki? E os gémeos?

- Vamos concentrarmo-nos nos acontecimentos de hoje, sim?

- Acha que há um crime para investigar?

- Eu faço as perguntas, Sr.ª Juke. Diga-me exatamente o que viu quando entrou no quarto do Sr. Williams.

Janie desviou o olhar do detetive, sendo-lhe mais fácil visualizar o local na sua mente se se concentrasse no papel de parede por trás da cabeça do detetive. O papel de parede tinha amarelecido devido à humidade e as pontas estavam a descolar, fazendo lembrar-lhe que em criança ela adorava mexer no papel de parede do seu quarto. Depois, voltou a concentrar-se.

- Ele estava vestido, mas tinha a colcha por cima dele. Supus que a Rosetta o tinha tapado quando o encontrou - disse Janie.

- O nosso trabalho não é fazer suposições, pois não?

Janie sorriu, temporariamente grata pela inclusão. Era como se de repente tivesse sido promovida de amadora para profissional. O DS Bright continuou:

- O rosto estava tapado?

Ela fechou os olhos por um momento, recordando-se da expressão horrível no rosto do Sr. Williams. Quando voltou a abrir os olhos, olhou diretamente para o detetive.

- Não, o rosto não estava tapado.

- Vamos começar pelo momento em que conheceu o Sr. Williams, sim?

- Não nos conhecíamos. - Janie agitou-se um pouco na cadeira. - A única vez que vi o coitado do homem foi quando já estava morto.

- Sei que sabe o quanto a informação é importante, Sr.ª Juke. Todos os detalhes contam.

- Quando se está a investigar um crime, sim. Acredita que o Sr. Williams foi assassinado? Não podia ter sido simplesmente um ataque cardíaco? - perguntou Janie.

- Isso é o que estou a tentar determinar, mas a minha experiência ao longo dos anos mostrou-me que a vida raramente é clara e simples.

O detetive segurava o bloco de notas de tal maneira que era impossível ver o que estava a escrever. Por momentos, ela desejou ter o seu caderno com ela. Pelo menos, teria qualquer coisa para fazer com as mãos.

- Fale-me da sua relação com o Sr. Denaro.

- Não tenho nenhuma. Pensei que estava aqui para descobrir o que aconteceu ao Sr. Williams...

- Quando conheceu o Sr. Denaro?

- Quando chegou a casa do meu pai.

- E a sua tia conhece-o, certo?

- Vieram os dois de Itália. Já sabe isso, tenho a certeza. Já falou com ela, não foi?

O DS Bright suspirou.

- Vamos beber o tal chá, sim?

O Agente Roberts tinha voltado à sala de estar com duas canecas de chá. Uma bebida ia muito bem, mas o que o agente da polícia tinha em mente era mais comida. Já passara várias horas desde que comera as suas sandes e agora só pensava na empada e no puré de batata que a mulher lhe prometera quando ele saíra de casa nessa manhã.

- Detetive Sargento, acho que não há mais nada que lhe possa dizer. Quer que vá buscar a Rosetta? - Janie escondeu o sorriso que lhe surgiu no rosto quando viu o detetive a beber um pouco de chá, que claramente não estava a seu gosto. - Quer açúcar? Posso ir buscá-lo, se quiser.

- O chá está bom. - Bebeu mais um pouco e pousou a caneca. Depois, virou-se para Roberts. - Peça à Sr.ª Summer que venha até cá, Agente.

- Vou consigo. Ela pode estar a dormir.

Janie levantou-se num salto, pronta para acompanhar o agente da polícia.

- O Dr. Filbert receitou-lhe um sedativo?

- Não. Ele ofereceu, mas tenho a certeza de que ela ficará bem. Desde que não a transtorne demasiado com o seu interrogatório.

Para Rosetta Summer, ter dois polícias sentados na sua sala era quase tão aterrorizante como abrir a porta e encontrar um dos hóspedes morto.

- Porque é que está aqui?

Ela olhou acusatoriamente para o DS Bright. Um polícia estava a beber da sua caneca, sentado na sua poltrona. A sua casa nunca mais iria ser a mesma.

- Sempre que há uma morte súbita, precisamos de investigar.

O detetive falou devagar , num tom de voz moderado, como se Rosetta fosse uma criança ainda a aprender a linguagem dos adultos.

- As pessoas morrem. Não é nenhum crime.

Rosetta levou as mãos ao rosto, apercebendo-se de que estava frio.

- Só estamos a reunir factos. É o nosso trabalho, Sr.ª Summer. Quer sentar-se enquanto lhe fazemos algumas perguntas?

- Está a convidar-me para me sentar na minha própria casa? – resmungou ela, irritada, e, depois, arrastou a outra poltrona para mais perto da porta de forma a se sentar o mais longe possível do detetive.

- Não é fã da polícia?

- Não fizeram nada para ajudar o meu marido.

- O seu marido?

- Já foi há muito tempo. Não quero falar sobre isso agora.

- Tal como disse, o nosso trabalho é reunir factos. Não estamos a atribuir culpa...

Rosetta levantou-se, movendo os braços enquanto falava:

- Culpa?! O quê, acha que eu trago hóspedes aqui para os matar? Quero que saia da minha casa! Saia, já!

- Está tudo bem? - Janie abriu a porta da sala e entrou, colocando-se ao lado de Rosetta. - Ouvi vozes exaltadas.

- A Sr.ª Summer está transtornada. Talvez a possa tranquilizar.

Com a situação um pouco mais calma, o DS Bright tentou perceber o que se tinha passado nas horas anteriores, na perspetiva da irascível senhoria.

- O que me pode dizer sobre o Sr. Williams? - perguntou.

- Dizer-lhe?... Não lhe posso dizer nada. Era um hóspede na minha casa, é tudo o que sei.

- Ficou surpreendida de alguém de Itália ter reservado um quarto na sua casa de hóspedes?

- Sou italiana. Os meus amigos italianos sabem o que faço. Digo-lhes para virem visitar, mas ninguém vem. Não têm dinheiro.

O DS Bright observou Rosetta a acenar com as mãos, com o rosto corado. Tirou um cigarro do maço e colocou-o na boca sem o acender.

- Preferia que não fumasse na minha sala de estar, se faz favor.

Rosetta fulminou o detetive com os olhos.

- Claro, com certeza.

- É um hábito péssimo. Fica a cheirar mal, as roupas ficam a cheirar mal e olhe para as suas mãos, os seus dedos, estão amarelos. Quem quer ficar com os dedos amarelos?

Levantou as suas próprias mãos e examinou-as, mostrando-as ao agente da polícia como um exemplo de uma manicura perfeita. O rosto do jovem agente passou de cor de rosa para vermelho.

- E não é bom para a sua saúde - continuou Rosetta. - O Sr. Williams, chegou esta manhã, fumou do cachimbo, depois tossiu e a seguir fumou do cachimbo outra vez. E agora está morto.

O DS Bright continuou inabalável.

- O Sr. Williams conhecia os seus amigos italianos?

- Tantas perguntas, sem descanso! Não conheço o Sr. Williams. Pergunte ao Sr. Denaro, ele sabe mais do que eu.

- Ao Sr. Denaro?

- Eles conhecem-se.

- Porque diz isso?

- O Sr. Denaro falou com o Sr. Williams de manhã, quando chegou.

- Estou a ver. E ouviu a conversa?

Rosetta olhou furiosamente para o detetive sargento e, depois, olhou para trás para o agente da polícia.

- É novo, devia estar a passar a Páscoa com a sua mulher. Em vez disso, está aqui a falar sobre mortes.

O DS Bright ergueu uma sobrancelha e trocou um olhar com o agente, cuja expressão não dava qualquer indicação sobre se concordava ou não com Rosetta. Na verdade, o Agente Roberts teria concordado com ela, se não fosse o chefe dele estar a monitorizar todos os seus movimentos.

- Vamos passar aos acontecimentos que ocorreram no início desta noite, sim? - disse o detetive, tentando manter um tom neutro na voz. - O que viu quando abriu a porta do quarto do Sr. Williams?

- Sabe o que vi. Não quero dizer as palavras em voz alta. É como vivenciar tudo outra vez.

- Moveu alguma coisa no quarto? Tocou em alguma coisa, no que quer que fosse?

- Não, não toquei em nada. Não quis aproximar-me demasiado.

- Se não tocou no corpo, nem se aproximou dele, como sabia que o Sr. Williams estava morto?

Os olhos de Rosetta esbugalharam-se e Janie colocou o braço à volta dos seus ombros, num gesto de conforto.

- Os olhos dele, estavam abertos, vidrados. Santa Maria.

Rosetta benzeu-se e deixou cair a cabeça como se a rezar.

- Então, uma de vocês deve ter tocado no corpo porque os olhos do Sr. Williams estavam firmemente fechados quando chegámos.

- Eu fechei-os - disse Janie, olhando desafiadoramente para o DS Bright. - Foi só o que fiz.

- Não tocou em mais nada no quarto?

Ele manteve o lápis sobre o bloco.

- Não. Já terminámos? A Sr.ª Summer precisa de descansar.

- Vamos tratar de que o corpo seja recolhido ainda esta noite. Por favor, insistam com o Sr. Denaro de que preciso de falar com ele com urgência. Peçam-lhe que vá à esquadra da polícia assim que puder.

Janie não disfarçou o alívio que sentiu quando acompanhou os polícias até à saída.

- Estou certo de que falaremos novamente em breve, Sr.ª Juke - disse o DS Bright, apertando-lhe a mão. - Entretanto, por favor lembre-se de que esta investigação é estritamente um assunto de polícia. Percebe o que eu estou a dizer?

- Sim, Detetive Sargento Bright. percebo perfeitamente.

Janie juntou-se aos outros na cozinha e preparou uma bebida quente para ela própria. Durante algum tempo, toda a gente ficou sentada em silêncio absoluto. Greg foi o primeiro a falar.

- Querida, precisamos mesmo de ir. Prometi à minha mãe que íamos buscar a Michelle antes das dez e quando lá chegarmos já terá passado muito depois disso. Jessica, Philip, podemos dar-vos boleia até casa primeiro.

- Não, não é preciso. Vocês os dois vão andando. Nós chamamos um táxi. Quero falar com o Luigi primeiro para ter a certeza de que ele está bem - respondeu Jessica.

- Se o vires, diz-lhe que a polícia precisa de falar com ele - disse Janie. - Vou só dizer à Rosetta que vamos indo.

Janie subiu até ao quarto de Rosetta e encostou a cara à porta.

- Rosetta, é a Janie.

- Entra - disse Rosetta com uma voz tremida.

Ao entrar no quarto, Janie sentiu o aroma distintivo do perfume que sempre associava à sua amiga italiana. Os cortinados de chita estavam fechados e a única luz vinha de um pequeno candeeiro de cabeceira com um tom delicado a cor de rosa. Num dos lados do toucador estava um baú antigo para cobertores e no outro uma cadeira de vime. A cama de solteira parecia solitária no centro do quarto e Rosetta parecia ainda mais solitária.

- Vamos embora agora, mas quis vir aqui primeiro para me despedir. Está tudo arrumado, não precisas de te preocupar. Tens a certeza de que não queres que alguém fique aqui contigo? A Tia Jessica diz que não se importa de ficar se preferires que fique cá alguém.

- O Sr. Denaro está cá.

- Sim, eu sei, mas ele é um hóspede. Pensámos que talvez quisesses ter um amigo por perto, só por esta noite...

Rosetta tirou a colcha de cima e sentou-se. Janie reparou que ainda estava devidamente vestida.

- Não, está tudo bem. Tu tens de voltar para junto da tua bebé. E o teu pai, teve ter ficado transtornado com tudo isto.

O caso estava a formar-se na mente de Janie. Um morto, um possível assassínio, e, até agora, a pessoa de quem ela mais desconfiava era um recém-chegado a Tamarisk Bay. Porém, não era um estranho, era o amigo da tia. Tinha tido um comportamento estranho por causa da pasta de documentos desaparecida, tinha ido às escondidas ao quarto do seu pai e havia a camisa com sangue. Rosetta vira-o a discutir com Bertrand Williams nessa manhã e à noite Bertrand estava morto e Luigi em lugar incerto.

Não queria alarmar Rosetta ainda mais ao partilhar os seus receios. No entanto, havia outra coisa que a incomodava. Uma coisa que Rosetta dissera ao DS Bright.

- Rosetta, só queria dizer... sobre o Sr. Williams...

- Sim, obrigada por dizeres que o fizeste.

- Foste tu que fechaste os olhos dele?

Seria assim para o Poirot, suspeitar de toda a gente, até mesmo de um amigo?

- Sim. - Ela escondeu o rosto com as mãos. - Fez-me lembrar o meu marido. Aquele ar de choque de que a vida tinha acabado. Todas as esperanças e todos os sonhos esfumados. Puff. Não era o rosto de alguém feliz por conhecer o nosso Pai do Céu.

Janie aproximou-se da cama e colocou a mão no ombro de Rosetta.

- Porque é que não quiseste contar isso à polícia?

- Eles misturam tudo. És inocente e eles fazem com que te sintas culpada.

- Não tocaste ou moveste mais nada?

Rosetta abanou a cabeça, com as mãos ainda a esconderem o rosto, e Janie pressionou a mão no ombro dela.

- Tenho a certeza de que tudo parecerá melhor amanhã de manhã.

CAPÍTULO 8

SÁBADO DE MANHÃ – CASA DE HÓSPEDES DA SR.ª SUMMER

DEPOIS DE UMA NOITE mal dormida, com perguntas a girarem-lhe na cabeça, as coisas não pareciam nada melhores na manhã seguinte. Janie declinou a oferta do marido de lhe fazer o pequeno-almoço e dirigiu-se para a casa de hóspedes. Na esperança de encontrar Rosetta na cozinha, bateu ligeiramente na porta das traseiras. Ao não obter resposta, entreabriu a porta e chamou:

- Rosetta, é a Janie. Estás levantada?

Como continuou a não obter resposta, entrou na cozinha. Um chávena de café vazia estava no lavatório e um prato com uma torrada meia comida na mesa. Ficou em silêncio a tentar ouvir algum som ou movimento. Ouviu barulho vindo do andar de cima, depois o som de alguém a descer as escadas e, uns segundos mais tarde, Luigi entrou na cozinha.

- Bom dia - disse ele.

- Dificilmente é um bom dia.

- Acabei de me levantar. Café? - Abriu dois armários até encontrar as chávenas e os pires. - Há vantagens em ficar numa casa de hóspedes gerida por uma italiana: café verdadeiro de manhã. Achas que ela se importa se nos servimos?

Havia uma cafeteira italiana no lavatório. Luigi encheu-a e

colocou-a ao lume.

- Não te vi para me despedir ontem à noite - disse Janie, observando Luigi enquanto ele passava as mãos pelo cabelo. - Estávamos preocupados contigo. Sabes que a polícia precisa de falar contigo.

- Estava no meu quarto.

- Não estavas no teu quarto quando bati à porta.

- Saí para fumar um cigarro. - Como se a resposta servisse de lembrança, ele tirou um cigarro do maço que tinha na mão e tirou o isqueiro em miniatura do bolso das calças. - Não te importas, pois não?

Uns meses antes, o cheiro persistente de fumo de cigarros agoniava Janie, mas agora ela simplesmente o achava ligeiramente desagradável.

- Tudo bem - disse ela, afastando-se um pouco dele para não ter de inalar o fumo. - Foi um choque terrível para todos. Tu conhecias o Sr. Williams?

Luigi olhou para ela.

- O Bertie? Sim, conhecia-o.

- Então, conheces a família dele? O Dr. Filbert disse que precisamos de entrar em contacto com eles. Há coisas que precisam de ser tratadas, o funeral e...

- Não conheço a família dele.

Foi expelindo o fumo do cigarro até ao fim e, depois, apagou-o. O café ferveu na cafeteira, atraindo a atenção deles por instantes.

- Leite? - perguntou Janie, tirando um pequeno jarro do frigorífico.

- É melhor se o bebermos forte, quente e simples.

Ela ficou a ver Luigi a servir o café. Os movimentos dele eram lentos, como se ainda estivesse a dormir.

- Conheces o homem e ele aparece em Tamarisk Bay um dia depois de ti. Diria que é mais do que uma coincidência.

- A culpa é do meu pai.

Janie aguardou que ele continuasse, pondo açúcar no seu café antes de beber um pouco.

- O meu pai sabia que eu vinha para aqui e, por isso, enviou o seu sócio para me manter debaixo de olho.

- O teu pai e o Bertie trabalham juntos?

- Não. O Bertie gere uma imobiliária em Anzio e nos arredores. Aluguer de *villas* a turistas ingleses.

- E qual é o negócio do teu pai?

- O meu pai gere um império empresarial de sucesso que se estende por toda a Itália.

A Janie não passou despercebido o tom irónico de Luigi. Não se sentia orgulhoso, bem pelo contrário. Ainda estava a tentar perceber a ligação entre os dois homens e tinha a certeza de que isso era relevante.

- O Sr. Williams não é teu parente, ou é?

- Não.

- Nem um padrinho simpático que toma conta de ti?

Os pensamentos de Janie mudaram para Michelle e sorriu.

- Não há nada de simpático em relação ao Bertie, nem ao meu pai.

- Bem, se calhar é melhor telefonares ao teu pai para lhe dizeres o que aconteceu ao amigo dele. Ele será capaz de contactar os familiares do Bertie. Têm de decidir se será enterrado aqui ou noutro sítio.

- Não tenho qualquer intenção de falar com o meu pai.

- Luigi, não me parece que tenhas outra escolha.

- Há sempre uma escolha.

De regresso a casa, enquanto tomava o pequeno-almoço, Janie contou a conversa matinal a Greg.

- Foi bizarro. Não percebo nada disto e o Luigi não foi lá muito comunicativo.

Janie parou de barrar a manteiga na torrada e levantou-se.

- O que foi?

- Ouviste a Michelle? Pareceu-me ouvi-la agora mesmo. Está quase na hora de lhe dar de comer. Vou lá acima buscá-la, pode ser? Não a vi esta manhã.

- Mal estiveste fora duas horas. Ela portou-se lindamente. O pessoal lá do trabalho não acredita quando lhes digo o quão fácil é cuidar dela. Acho que temos sorte. A minha mãe diz que não dormiu nem uma noite inteira até eu ter dois anos.

Pouco depois, com uma Michelle sonolenta aconchegada nos braços, Janie continuou:

- Só descobri que o Bertie Williams e o pai do Luigi se conheciam. E o Luigi acha que o pai mandou o Bertie para Inglaterra para o manter debaixo de olho.

- Parece estranho. O Luigi já não é adolescente. Seria como o teu pai mandar a Jessica para tomar conta de ti. Espera lá, agora que penso nisso, suponho que não seja assim uma ideia tão má - brincou Greg.

- Agora a sério. Pressionei-o o mais que pude, mas ele recusou-se a telefonar ao pai. O que podemos fazer mais?

- Talvez o Philip possa convencê-lo. O teu pai tem jeito para lidar com as pessoas. Ou a Jessica? Afinal de contas, é suposto serem amigos, não é? Talvez a Jessica conheça o pai do Luigi...

Por instantes, Janie distraiu-se com a filha, que começara a ficar agitada. Mudou-a de um braço para o outro e deu-lhe o dedo para Michelle segurar.

- É tão estranho, Greg. O Luigi aparece e, depois, esse Bertie Williams morre no dia em que chega.

- Oh, não, não faças isso! Não te atrevas a vestir a roupagem do Poirot! É umas daquelas coisas. As pessoas têm ataques cardíacos. A vida acaba e nem sempre acaba como esperávamos ou onde esperávamos. Provavelmente, isso raramente acontece. Anda daí, Michelle, vem para o colo do teu pai e deixa a tua mãe acabar de comer a torrada.

- Vou a casa do meu pai depois do pequeno-almoço para ver o que ele acha disto tudo.

Mais tarde, Janie entrou na casa do pai, passando cuidadosamente o carrinho de bebé pela porta de forma a não acordar a filha. Porém, o cuidado dela foi em vão, pois nem teve tempo de despir o casaco antes de Michelle começar a lamuriar-se.

- Perfeito sentido de oportunidade! - exclamou Janie, tirando a filha do carrinho de bebé e dirigindo-se para a cozinha, onde Philip estava a encher a chaleira com água.

Sem dúvida que a cozinha era a sua divisão preferida em casa de Philip, a casa de infância de Janie. Lembrava-se de muitas vezes ler em voz alta ao pai as suas histórias preferidas do Poirot e ele testá-la para ver se conseguia adivinhar o culpado antes de chegarem ao capítulo final. Falavam durante horas, cada um sentado num dos lados da mesa da cozinha, com Charlie a dormir aos seus pés.

- Pai, senta-te e estica os braços para eu te passar a tua neta. Não tem tido colo suficiente do avô nestes últimos dias. Ela gosta de tentar agarrar a tua barba.

- Adoro o cheiro dela - disse Philip, segurando Michelle perto do rosto. - É uma combinação de baunilha e outra coisa, lavanda, talvez? Ou violetas?

- Não quando a fralda precisa de ser mudada, pois não!

Michelle esticou o braço para tentar agarrar a cara de Philip.

- Ei, tem cuidado com a barba do avô! Preciso de lhe cortar as unhas. Podem ser minúsculas, mas mesmo assim arranham quando ela te agarra.

- A tua mãe costumava morder as tuas, em vez de usar uma tesoura.

Janie não tinha a certeza se queria visualizar as imagens que lhe surgiram na cabeça ao ouvir falar da mãe.

- Bem, onde está a Jessica? - perguntou ela.

- Foi dar um passeio. Disse que precisava de clarear as ideias.

- Não foi o regresso a casa que ela estava à espera, com certeza. O que é que ela te disse sobre o Luigi?

- Lendo nas entrelinhas, acho que ela preferia nunca ter concordado com a sugestão dele em a acompanhar.

- Porquê?

- Todo aquele alarido por causa da pasta desaparecida mostrou-lhe um lado dele que a fez sentir-se desconfortável.

- Ela acha que ele é desonesto?

- Tudo o que temos neste momento são suposições e conjecturas, portanto, não ponhas o carro à frente dos bois, a pensar que este é um caso que precisa de ser resolvido.

- Tu e o Greg fazem uma boa dupla. Ele acabou de me dizer a mesma coisa. E aqui fica mais para pensares: a Rosetta tinha razão, o Luigi conhece o Bertie.

- O Bertie?

- O Bertie Williams. O homem que morreu ontem à noite. O pai do Luigi e o Bertie conheciam-se.

Fechou os olhos enquanto refletia sobre os seus pensamentos.

- Pai, há mais para além do que está à vista, tenho a certeza. Não quis preocupar-te, mas naquela primeira noite em que o Luigi ficou aqui...

Hesitou, reproduzindo as imagens na sua cabeça.

- Não sugeriste que ele fosse para outro sítio só porque ele estava apertado no quarto de arrumos, pois não?

Janie sorriu.

- Não sei porque é que continuo a achar que posso guardar segredos de ti.

Philip bateu na cadeira a indicar à filha para se sentar ao seu lado.

- E queres saber o que fazer e a quem contar?

Perguntou ele depois de Janie explicar as suas dúvidas e receios sobre o amigo da tia.

- Estou a ver coisas que não existem? Uma coisa é apanhar alguém a bisbilhotar no teu quarto, outra completamente diferente é começar a acusar essa pessoa de assassínio.

- Não tens opção, querida, tens de ir falar com a polícia. Diz-lhes tudo o que sabes e deixa que eles resolvam a questão. Entretanto, não podes deixá-lo ficar em casa da Rosetta. Não nos perdoaríamos se acontecesse alguma coisa. Queres que eu fale com ele?

- O Greg sugeriu isso. Diz que tens jeito para lidar com as pessoas. Talvez esteja a insinuar que eu não tenho.

Philip sorriu.

- Digamos que podes ser insistente demais, entusiasmas-te demasiado.

Janie esticou-se para tirar a filha dos braços de Philip.

- Anda, Michelle, sabemos quando nos estão a dar uma

reprimenda. Ah, olha só, ela não quer sair do teu colo - disse Janie, afastando as mãos da filha da cara de Philip.

- Embora seja o teu entusiasmo que te torna tão especial. Indomável, diria. - Philip sorriu. - Mas, neste caso, acho que, ao somares dois mais dois, talvez te esteja a dar cinco ou seis.

- Espero que tenhas razão, pai. Coitada da Jessica. Se se provar que o Luigi é mesmo má rês, ela ficará desesperada. Vai pensar que a culpa é dela por o ter trazido para Tamarisk Bay e para a nossa casa.

Janie respirou fundo antes de continuar.

- Pai, há outra coisa. Não te zangues comigo, mas não achas que a Jessica sabe mais sobre o Luigi do que diz que sabe?

- Nem sequer vou responder a isso. Estás a esquecer-te de tudo o que sabes sobre a tua tia. Estás a esquecer-te do mais importante, no que todos os bons investigadores se baseiam: os teus instintos. Precisas de confiar neles, princesa. Precisamos de descobrir o máximo possível sobre o Luigi para podermos basear o nosso entendimento dos factos. A tua aprendizagem com o Poirot devia ter-te ensinado isso.

- Pareces o DS Bright a falar - disse Janie, suspirando.

- Espero que não.

CAPÍTULO 9

SÁBADO DE MANHÃ – ESQUADRA DA POLÍCIA DE TIDEHAVEN

FRANK BRIGHT REPRIMIU UM bocejo enquanto se afastava do sargento de serviço. As últimas semanas tinham sido difíceis para a sua mulher Nikki, pois ela estava a suportar a maior parte da responsabilidade pelos gémeos. Já tinham passado dois meses e ainda não tinham conseguido estabelecer uma rotina diária. Luke tinha desenvolvido um problema com a alimentação e era cada vez mais difícil acalmá-lo. Como os rapazes ainda partilhavam o berço, quando Luke acordava, Tom também acordava. Era um ciclo infindável. Por muito que a sua mulher lhe assegurasse que estava a conseguir gerir as coisas, as grandes olheiras à volta dos olhos contavam uma história diferente.

Olhou para o telefone, levantou o auscultador e voltou a colocá-lo no lugar. Todas as manhãs telefonava à mulher para saber se estava tudo bem, mas naquela manhã precisava de preparar o interrogatório de Luigi Denaro. O sargento de serviço informara-o de que o Sr. Denaro se tinha apresentado na receção um pouco depois das nove da manhã. Tinham-no levado para a sala de interrogatório e pedido para esperar aí. Já tinham passado vinte minutos e ele calculava que o italiano estaria a ficar agitado. A agitação podia ser útil, pois as emoções não seriam tão facilmente controladas. E, assim que o controlo se perdia, muitas vezes a verdade emergia. Pelo menos tinha sido essa a experiência de Frank nos muitos casos criminais com que tinha lidado. No entanto, este era um caso estranho.

Gente desconhecida aparecia na cidade e, depois, havia uma morte inexplicável. Claro que podia ter sido por causas naturais, mas até os resultados da autópsia chegarem ele não ia correr riscos.

Acendeu um cigarro, saboreando a leveza momentânea que isso lhe dava. Desde que os gémeos tinham nascido que a Nikki lhe pedia para não fumar dentro de casa. Tinha metido na cabeça que podia fazer mal aos bebés. Algo que tinha lido num artigo ou um alerta de um médico que vira na televisão. Ele não se importava de ceder a esse pedido, pois ela não pedia muito, mas a sua vida profissional era baseada na ideia de que nada era provado até haver evidências concretas. Talvez houvesse investigação suficiente algures a provar essa ligação, mas, até ler isso por ele mesmo, não ia mudar de ideias.

Deu mais uma olhadela para a lista de perguntas que tinha escrito, terminou de fumar e encaminhou-se para a sala de interrogatório. Olhou através do painel de vidro da porta e viu Luigi Denaro a andar de um lado para o outro. Assim que Frank abriu a porta, Luigi parou e virou-se para ele.

- Estou aqui à espera há bastante tempo.

- Bom dia. Sou o Detetive Sargento Frank Bright.

- Não planeei passar a manhã toda na esquadra da polícia.

- O senhor é um homem ocupado?

Luigi olhou para o detetive a tentar perceber se o comentário era genuíno ou sarcástico.

- Obrigado por comparecer - continuou Frank.

- A Janie disse-me que tinha pedido para falar comigo. Não sei porquê - retorquiu Luigi.

- A Janie?... Ah, sim, a Sr.ª Juke.

Frank não conseguia concluir se o envolvimento de Janie Juke neste caso seria mais uma ajuda ou um obstáculo. Por vezes ela parecia uma farpa num dedo que não conseguia sair, mas tinha de admitir que de vez em quando já tinha provado ser útil.

- De momento está instalado na Casa de Hóspedes da Sr.ª Summer, é correto?

- Sim.

- Porquê esta casa de hóspedes em particular?

- Precisava de um quarto e havia uma vaga. Não percebo porque é que me está a perguntar essas coisas.

- Qual é a sua relação com a Sr.ª Summer?

Luigi franziu o sobrolho e não respondeu.

- A senhoria da casa de hóspedes onde está atualmente instalado - insistiu Frank.

- Não tenho nenhuma relação com a Sr.ª Summer. Sou apenas um hóspede, é tudo.

- Mas são os dois italianos?

- Há muitos italianos aqui em Inglaterra, mas nem todos têm uma relação entre si. Em todo o caso, eu sou meio inglês.

Luigi não tentou disfarçar a sua irritação.

- Vamos avançar para os acontecimentos de ontem. Foi convidado para um jantar com a Sr.ª Summer e os seus amigos.

- Sim.

- A que horas chegou ao jantar?

- Não sei o que quer dizer.

- Sr. Denaro, compreendo que o inglês não seja a sua língua materna, mas parece ser fluente. Por isso, estou com dificuldades em compreender o que é que não percebe sobre esta pergunta. É bastante direta. A que horas chegou ao jantar e se juntou às pessoas à volta da mesa?

- Não cheguei.

- Não chegou?

- Não.

- E porquê?

- Estava no meu quarto, a descansar.

- A descansar?

- Sim, estava com dor de cabeça.

- Ah, estou a ver.

Frank tirou o maço de cigarros do bolso do casaco e ofereceu um a Luigi, que aceitou, acendeu-o e deu uma grande passa.

- Portanto, para recapitular, - continuou o DS Bright - foi convidado para ir jantar com os outros, mas declinou porque estava com dor de cabeça.

- Não, eu era para ir lá ter, mas, entretanto, houve o incidente.

- E que incidente foi esse?

- Sabe muito bem que incidente foi. É a razão porque me pediu para vir aqui, certo?

- Refere-se à morte do Sr. Williams?

- Sim.

Luigi limpou o suor da testa e colocou as mãos em cima da mesa à sua frente.

- Não fiz nada de errado.

- Sr. Denaro, deixe-me ser claro. Pedi-lhe para vir aqui hoje para estabelecer os factos. Não sei como a lei funciona em Itália, mas, aqui em Inglaterra, precisa de compreender que o posso prender por reter informações.

- Não estou a reter nada.

Frank observou uma gota de suor a escorrer pela testa de Luigi, mas desta vez o italiano não se mexeu para a limpar. Em vez disso, as mãos mantiveram-se em cima da mesa, mas agora estavam fechadas em punho.

- Fale-me da sua relação com o Sr. Williams.

- O que é que a Janie disse?

- A Sr.ª Juke não disse nada. Porquê? O que é que ela sabe?

Frank bateu com o lápis na mesa com tanta força que o bico partiu-se. Levantou-se, dirigiu-se ao balde do lixo que estava ao canto da divisão e deixou o lápis cair lá dentro. Em seguida, voltou à mesa, tirou outro lápis do bolso do casaco e sentou-se outra vez.

- O Sr. Williams conhece o meu pai. Ou melhor, conhecia o meu pai.

- Estou a ver. Portanto, o Sr. Williams é um amigo da família?

- Não, eu não disse isso. Ele conhece o meu pai. É uma relação profissional, é tudo.

- Sabia que o Sr. Williams vinha a Tamarisk Bay?

- Não.

- Portanto, ficou surpreendido por o ver?

- Sim.

- E que conversa tiveram os dois no dia em que ele morreu?

- Nenhuma.

- Não acredito muito nisso. Um homem que conhecia por ter negócios com o seu pai aparece em Tamarisk Bay uns dias depois da sua chegada e não foi falar com ele? Lembro-lhe novamente, Sr. Denaro, que mentir à polícia é uma infração grave.

Luigi levantou-se, empurrando a cadeira de forma tão brusca que esta caiu ao chão.

- Tem mau feitio, Sr. Denaro - comentou o detetive.

- É desta maneira que trata todos os que visitam esta cidade? - Luigi pegou na cadeira e arrumou-a à mesa. - Sou um suspeito? Houve um crime? Caso contrário, queria ir-me embora agora. Já dispendi tempo suficiente aqui.

- Claro, é livre de se ir embora. Só mais uma pergunta antes de ir.

Luigi caminhou até à porta, parando com a mão sobre a maçaneta, mas com as costas voltadas para o detetive.

- Sei que durante a sua viagem de Itália até aqui um item da sua bagagem desapareceu.

- Sim, a minha pasta de documentos, foi roubada. - Luigi virou-se para Frank Bright. - Tem novidades sobre isso? Foi encontrada?

- Descreva-me a pasta de documentos.

- Pele italiana, com dois bolsos à frente e uma pega. Era uma pasta de documentos, não sei que mais lhe posso dizer.

- Informaremos se ela aparecer. Entretanto, gostaria que permanecesse em Tamarisk Bay. Podemos precisar de o interrogar novamente.

Frank Bright falou com o sargento de serviço a caminho do seu gabinete.

- Onde está o Roberts?

- Na rua, no carro-patrulha, chefe.

- Diga-lhe que preciso de falar com ele assim que ele voltar. Precisamos de fazer outra visita à Casa de Hóspedes da Sr.ª Summer.

CAPÍTULO 10

SÁBADO DE TARDE – CASA DE HÓSPEDES DA SR.ª SUMMER

JANIE VOLTOU À CASA de hóspedes um pouco mais tarde nesse mesmo dia. Tocou à campainha e, de seguida, bateu com a aldrava. Rosetta, porém, não estava muito comunicativa.

- Sim, sim, estou a ir.

A pronúncia distintiva de Rosetta era inconfundível e, quando a porta se abriu, a senhoria surgiu com o rosto corado e tenso.

- Janie, o que queres?

- Não quero nada. Só vim ver como estavas. - Tirou Michelle do carrinho de bebé e passou-a para o colo de Rosetta. - Pensei que tê-la ao colo te fizesse bem já que tiveste umas vinte e quatro horas difíceis. Este é o Barnabé, o urso de peluche preferido dela. Ela gosta de lhe morder as orelhas.

Rosetta passou a mão pelo rosto de Michelle e foi recompensada com um ligeiro resmungo.

- Que suave... A pele da tua bebé é mesmo perfeita.

- Estive aqui de manhã, mas ainda devias estar no teu quarto. Estava preocupada contigo.

Foram até à cozinha e Rosetta ficou a olhar pela janela, com o olhar afastado de Janie.

- Umas vinte e quatro horas difíceis. Sim, tens razão.

Durante algum tempo, o único som que se ouviu foi o suave arrulhar de Michelle, lembrando a Janie uma rola-turca que insistia em salvar quando era pequena. A cria tinha caído do ninho e Janie convenceu o pai e a tia a deixá-la cuidar dela até ter forças suficientes para voar. No dia em que se foi embora, Janie ficou sentada o dia todo à janela à espera que ela voltasse.

- Era bom se pudesse ser bebé novamente - disse Rosetta, afastando-se da janela e inclinando-se para dar um beijo na testa da bebé. - Têm comida e amor, não precisam de mais nada.

- Percebo o que queres dizer. Às vezes, ser adulto não é divertido, mas, pelo menos, podemos fazer as nossas escolhas.

- Tomas decisões pela Michelle por agora, mas, quando ela for mais velha, vai decidir por ela mesma e terás de ficar a vê-la tomar más decisões.

Rosetta baixou a cabeça e afastou-se de Janie.

- O que aconteceu ao Sr. Williams foi muito triste, mais do que isso, foi um choque terrível. No entanto, estás preocupada com outra coisa, não estás? Queres falar sobre isso?

- Deixei a minha mãe, toda a minha família, para vir para Inglaterra.

Janie aproximou-se e colocou a mão no braço de Rosetta.

- Tu apaixonaste-te e vieste com o teu marido para aqui.

- E, depois, ele morre e eu fiquei aqui, sozinha. - Rosetta limpou as mãos ao vestido como se estivesse a tentar limpar a melancolia que lhe pesava nos ombros. - Não ligues. Eu estou bem. Vou cantar à tua filha uma canção que a minha mãe estava sempre a cantar para mim.

- Deixo-te aqui enquanto vou lá acima ver se o Luigi está, pode ser? Estou a tentar convencê-lo a telefonar ao pai. Alguém tem de dar as más notícias à família do Sr. Williams.

Tentou manter a voz leve. Quando estava grávida, os movimentos de Michelle dentro da barriga eram agradáveis, mas, agora, a agitação no seu estômago era tudo menos agradável.

Quando chegou ao andar de cima, bateu à porta de Luigi.

- Sou eu, a Janie. Posso entrar?

Ao ouvir um grunhido de dentro do quarto, ela abriu a porta

e encontrou Luigi deitado na cama com os pés pendurados na extremidade da cama e as mãos por baixo da cabeça.

- Podemos falar? Só uns minutinhos? Deixei a Michelle com a Rosetta, mas ela vai querer comer a qualquer momento.

Deu mais uns passos dentro do quarto à espera que ele desse sinal de que a tinha visto.

- Vou sentar-me aqui, ok? - disse ela, puxando de uma cadeira junto à janela. - Não te esqueças que a polícia quer falar contigo.

- Já falei com eles, esta manhã.

- Tenho a certeza que eles estão apenas a proceder às formalidades necessárias, mas com isto do Sr. Williams morrer de repente e tu o conheceres...

- Disseste à polícia que o conheço?

- A Rosetta talvez o tenha mencionado, mas não é segredo, ou é? Achei que querias ajudar a polícia, no que fosse possível.

Ela observou-lhe o rosto. Seria o rosto de um assassino? O Poirot não a tinha ensinado a não ignorar o óbvio? Não era verdade que a maioria das vezes as vítimas conheciam os seus assassinos?

- Ajudá-los com o quê? O Bertie teve um ataque cardíaco. Não percebo porque é que a polícia está envolvida.

Janie mexeu-se na cadeira e olhou pela janela, ensaiando na sua cabeça as palavras que ia dizer.

- O que se passa, Luigi, é que vim à tua procura na noite em que o Bertie morreu. Entrei no teu quarto e encontrei uma coisa.

- Não tinhas nada que andar a vasculhar por entre as minhas coisas.

- Eu não andei a vasculhar. Estava à tua procura, mas, em vez disso, vi uma coisa que preferia não ter visto.

O rosto de Luigi mantinha-se impassível. Praticamente não pestanejava e, por instantes, recordou a Janie um boneco de cera que vira no Museu da Madame Tussaud numa visita de estudo: sem vida, sem emoção.

- Não te metas em coisas das quais não sabes nada - disse ele.

- Explica-me, então, e eu esqueço o incidente por completo. Encontrei uma camisa tua com uma mancha de sangue.

- Cortei-me a fazer a barba.

- A camisa estava enfiada por baixo da cama, como se alguém a quisesse esconder.

- Não tenho nada a esconder. Se a camisa estava debaixo da cama é porque a devo ter deixado cair.

Em todos os casos em que tinha trabalhado, Janie descobrira que acontecimentos do passado continham pistas sobre os mistérios do presente. Uma visita ao sítio onde Joel morrera, tinha-a ajudado na procura de Zara. Depois, quando trabalhara para Hugh Furness, tudo o que precisara de saber para resolver o caso resultara da análise de acontecimentos que tinham tido lugar muitos anos antes. Talvez a mesma abordagem resultasse agora, independentemente de este se tornar ou não de um caso a precisar ser resolvido.

- Já tiveste notícias sobre a tua pasta de documentos desaparecida?

- Pasta de documentos roubada. - Não tentou disfarçar a ira na sua voz. – Nada, ainda. Sei que gostas de investigar mistérios, mas podes esquecer este. Não há nada de misterioso aqui.

Lá em baixo, Rosetta resmungou quando a campainha da porta da frente tocou. Abriu a porta e viu o Agente Roberts.

- Não há mais nada para dizer, por favor, vá-se embora.

Rosetta tentou fechar a porta, mas o polícia manteve-a aberta com o pé.

- Tem de me deixar entrar, Sr.ª Summer. Preciso de ir buscar uma coisa ao quarto do Sr. Williams.

- Que coisa? Diga-me e eu vou buscá-la.

- Lamento, minha senhora, mas trata-se de uma investigação policial. É importante que deixe a polícia fazer as averiguações que considera necessárias.

- Precisa de um mandato para fazer uma busca. Eu sei, vi na televisão. Volte com um mandato.

- Sr.ª Summer, não vou fazer uma busca à sua casa. Estou aqui apenas para buscar uma coisa que vimos ontem quando cá estivemos.

Rosetta suspirou, recuou e observou o polícia a passar por ela.

- Sabe o caminho. Não o vou acompanhar. Vá buscar o que quer e, depois, vá-se embora, por favor.

O Agente Roberts foi até ao quarto número três, seguiu as instruções do seu chefe e regressou ao vestíbulo, onde encontrou Rosetta ainda no mesmo sítio, pronta para lhe mostrar a saída. Nas suas mãos levava uma pasta de documentos de pele.

- A pasta de documentos do Sr. Denaro, encontraram-na! - exclamou ela, esticando as mãos como se quisesse tirá-la das mãos do agente da polícia. - Espere! Ele está aqui com a Janie. Vou buscá-lo, ele vai ficar muito contente.

O Agente Roberts levantou a mão, na esperança de parar o movimento de Rosetta.

- Não, minha senhora, mas, por favor, peça ao Sr. Denaro que vá à esquadra da polícia esta tarde. Gostaríamos lhe lhe fazer perguntas adicionais.

- Vocês e as vossas perguntas... - comentou ela, sacudindo o punho nas costas do polícia enquanto ele se ia embora.

Depois de verificar que Michelle estava contente e ocupada com o seu urso Barnabé, Rosetta subiu até ao quarto número dois para dar as notícias a Luigi sobre a sua pasta de documentos. Esperava, pelo menos, um sorriso. Em vez disso, ele empurrou-a para o lado sem uma única palavra. Seguiram-no ao longo do corredor até à porta do quarto número três.

- Luigi, não podes entrar aí. Vais mexer nas coisas e meter-te ainda mais em sarilhos.

Ignorando o conselho de Janie, Luigi abriu a porta. Rosetta e Janie ficaram no patamar, observando enquanto ele abria todas as gavetas do camiseiro e remexia o seu conteúdo, aparentemente sem qualquer preocupação pela bagunça que estava a deixar. Em seguida, foi até ao roupeiro.

- Realmente, penso que não devias estar a fazer isso - disse Janie, sentindo-se cada vez mais ansiosa.

- Não percebo nada. - Rosetta pousou a mão no ombro de Janie. - Porque é que ele anda à procura? A polícia tem a pasta de documentos dele. Porque é que ele não está contente?

- Ele quer saber porque é que a pasta estava no quarto do Bertie -

murmurou Janie, sentindo-se como uma co-conspiradora.

Viram Luigi a tirar dois fatos pendurados no cabide e a atirá-los para cima da cama. Enfiou a mão nos bolsos das calças e tirou dois bilhetes de autocarro, que atirou para o chão. Continuando a procurar, enfiou a mão dentro do bolso exterior do casaco e tirou mais bilhetes, mas desta vez não eram de autocarro. Os bilhetes estavam dobrados e, portanto, ele abriu-os e esticou-os com a mão.

- Aí está, eu sabia!

Mostrou-os a Janie, que olhou para eles esperando uma explicação.

- Ele ia no mesmo comboio que nós. Sabia que era ele, não imaginei. Eu viu-o e ele viu-me a mim. E, depois, roubou-me a pasta de documentos.

As duas mulheres olharam uma para a outra e, então, Rosetta encolheu os ombros.

- Não percebo nada. Vou lá abaixo ver a bebé, que está a chorar pelo leite.

Os primeiros choros de Michelle não tinham passado despercebidos às orelhas de Janie, mas ela sabia que ainda faltava pelo menos meia hora para lhe dar de comer.

- Desço num minuto - gritou ela a Rosetta, que já estava a meio das escadas. Em seguida, virou-se para Luigi e disse: - Pensa bem, Luigi. Não há razão nenhuma para o Bertie te ter roubado a pasta de documentos. Não faz sentido. Como é que sabia sequer em que compartimento tu estavas?

Sem responder, Luigi passou por Janie.

- Se vais à esquadra da polícia, eu vou contigo - declarou ela, indo atrás dele pelas escadas abaixo.

Porém, quando tinha acabado de instalar a Michelle no carrinho de bebé, ouviu a porta da frente a bater. Luigi tinha-se ido embora.

Frank Bright pediu ao Agente Roberts para levar Luigi à sala de interrogatório.

- Têm a minha pasta de documentos - disse Luigi assim que o detetive entrou na divisão. - Gostaria de a ter de volta.

- Tudo a seu tempo. Primeiro, gostaria de saber porque é que o Sr. Williams tinha a sua pasta de documentos.

- Quer que eu saiba o que se passava na cabeça de um homem morto? Mas sei que ele estava no mesmo comboio onde eu ia, no comboio onde a minha pasta foi roubada.

- Porque diz isso?

- Pensei que o tinha visto no comboio e agora tenho a prova.

Luigi tirou os bilhetes de comboio do bolso do casaco e deslizou-os pela mesa na direção do detetive.

- Onde os encontrou? - perguntou o detetive.

- No casaco do Bertie.

- Está a caminhar sobre um gelo muito fino, Sr. Denaro. Está a dar-me mais do que um motivo para o tornar o meu suspeito número um.

- Para ter um suspeito, precisa de ter um crime.

- Veremos. Tem a certeza de que não me quer dizer mais nada sobre a noite em que o Sr. Williams morreu?

O despique entre os dois homens continuou, nenhum deles querendo ser o que desviaria o olhar do outro primeiro.

- Não tenho mais nada para lhe dizer.

- Dê-me o seu passaporte, Sr. Denaro.

- Não estou a pensar ir a lado nenhum.

- Nesse caso, não precisa dele.

Frank esticou a mão e ficou a aguardar uns instantes enquanto Luigi enfiava a mão devagar dentro do casaco e tirava o passaporte.

- Aí tem - disse ele, colocando-o bruscamente na mão do detetive.

- Talvez precisemos de falar consigo novamente, mas, por agora, pode ir.

- A minha pasta de documentos, por favor.

Luigi olhou o detetive nos olhos. Era como se fossem duas crianças a desafiarem-se uma à outra para uma luta no recreio. Nesse momento, o detetive fez um aceno de cabeça ao Agente Roberts, que tinha estado de pé em silêncio atrás dele, e o polícia saiu da divisão. Algum tempo depois, regressou com um grande saco de plástico. Luigi levantou-se e esticou as mãos para receber os seus pertences.

O Agente Roberts retirou a pasta de documentos de dentro do saco e colocou-a em cima da mesa em frente ao detetive.

- A sua pasta de documentos, Sr. Denaro - declarou Frank, observando a reação de Luigi.

A resposta de Luigi foi visível através da sua linguagem corporal. Deixou cair as mãos aos lados e os ombros caíram para a frente.

- Não é minha - disse ele.

Era como se a tivesse perdido outra vez.

CAPÍTULO II

DOMINGO DE PÁSCOA - TAMARISK BAY

A TRANQUILIDADE DENTRO DA Igreja de Santo Agostinho era mais benéfica para Rosetta do que um divertimento. Situada mesmo por trás do jardim Tensing Gardens, a igreja do século XIX estava rodeada por um cemitério bem cuidado. O caminho até à porta da igreja era ladeado por rododendros e azáleas que ainda não tinham florido.

Quando tinha uma tarde livre, Rosetta ia aí muitas vezes para se sentar em silêncio num dos bancos de igreja. O silêncio não era opressivo, era como se se pudesse esvaziar nele. Ela também gostava de passar a mão ao longo dos suaves e gastos bancos de carvalho antigos. Antes de cada festival religioso, muitos voluntários davam o seu tempo livre para encerarem as madeiras, enchendo a igreja com o aroma a mel e incenso.

Nas suas idas regulares, Rosetta rezava durante algum tempo e, depois, caminhava à volta da igreja, observando cada uma das estações da Via Sacra, pensando como é que um homem, mesmo um homem santo, seria capaz de aguentar tanta dor. Ao chegar à mesinha de carvalho ao lado da porta da frente, acendia três velas: uma pela mãe, uma pelo pai e outra pelo marido.

Nesse dia, teria de partilhar a igreja com uma congregação

repleta a celebrar o Domingo de Páscoa. Muitos deles não punham o pé na igreja durante semanas. Dada a oportunidade de desfilarem orgulhosamente em frente aos seus vizinhos, lembravam-se subitamente da sua fé católica e chegavam vestindo os seus melhores casacos e com os seus melhores chapéus.

Rosetta chegou mais tarde do que era costume. Molhou os dedos na água benta à entrada e benzeu-se, beijando os dedos no fim. Era um ritual que repetia desde pequena, copiando tudo o que a mãe fazia, fascinada pelo mistério da Divina Trindade: o Pai, o Filho e o Espírito Santo, três espíritos num só.

Ficou contente por encontrar um lugar num dos bancos ao fundo da igreja, cruzando o olhar com duas mulheres que pertenciam ao Grupo de Mães Católicas. Tinha ido a duas reuniões, mas sentira-se deslocada por não ser mãe e por ser a única italiana, apesar de ter sido bem recebida.

O orgão começou a tocar e ela levantou-se, pronta para começar a cantar o primeiro hino. Era estranho cantar os versos em inglês, mesmo depois de tantos anos. Desde que deixara a sua aldeia em Puglia, não passava um dia em que não pensasse na família e nos amigos que deixara para trás. Conhecera o seu marido no fim da guerra, casara-se com ele pouco depois e nem pensara duas vezes quanto a ir com ele para Inglaterra. Passara cinco anos até conseguirem juntar o dinheiro necessário para irem a Itália e, entretanto, o seu pai morrera.

Jack tinha sido um bom marido. Tinha tido sorte em conseguir trabalho depois da guerra, pois muitos soldados tinham regressado, embora muitos mais nunca tivessem voltado. Trabalhara muitas horas numa fábrica. Ela detestava o cheiro que ele trazia para casa todas as noites, químicos que se infiltravam nas roupas e na pele. Tinha a certeza de que a fábrica contribuíra para a sua doença e subsequente morte, embora as autoridades tenham discordado dela. *Não há qualquer ligação*, disseram-lhe. Cada vez que pensava nisso, o que era frequente, só queria gritar. Alguém devia ser castigado, alguém devia arcar com as culpas.

A missa continuou e ela observou as crianças que se dirigiam ao altar para receber a comunhão. Naquela igreja era costume as crianças irem primeiro e depois os mais velhos, que se movimentavam mais devagar e muitas vezes se apoiavam no braço de um filho ou de uma filha. A seguir, iam os restantes membros da congregação. Quando a igreja estava cheia, todo o processo levava uns vinte minutos a completar. Havia tempo para rezar e refletir em silêncio antes de ser a sua vez de se dirigir ao altar para receber a hóstia.

Nesse dia, tinha mais por que rezar do que o costume. Tinha tantas preocupações e pensamentos conflituosos a ocuparem-lhe a mente que ficou grata pela oportunidade de fechar os olhos e esvaziar a cabeça por algum tempo. Não tinha conseguido dormir nas duas últimas noites. Na madrugada de domingo, tinha descido até à cozinha para se sentar algum tempo à janela, olhando para a noite escura.

A morte de um hóspede e, depois, a chegada da polícia tinham-na enchido de pavor. Quando finalmente tinham terminado de a interrogar, sentira-se como se tivesse sido prensada numa máquina e as emoções tivessem sido esticadas e achatadas. Tinham-se intrometido e vasculhado o quarto, tirando fotografias. Sentia que tudo aquilo era uma violência, que a sua casa fora manchada por segredos escabrosos.

A missa terminou e as pessoa começaram a encaminhar-se para a porta. Ela pôs-se ao lado do banco para deixar as pessoas saírem. Ainda tinha uma meia hora antes de ter de apanhar o autocarro para Tidehaven para ir visitar os sogros e dali a uns minutos ficaria novamente sozinha na igreja.

Quando toda a gente se tinha ido embora, foi até à mesinha de carvalho. Apanhou a cera derretida na base das velas e pegou na lamparina. Depois de a acender, foi buscar velas de dentro de uma caixa de metal, que estava em cima de uma cadeira ali perto, deixando cair umas moedas no prato ao lado. Enquanto acendia cada vela, dizia uma oração em silêncio. Uma, duas, três... Hesitou um momento e, então, foi buscar outra vela à caixa. E, quando esta última vela se iluminou, rezou feverosamente para que tudo ficasse bem.

Na Páscoa, a tradição na casa dos Chandlers era procurar os ovos logo depois de um pequeno-almoço quente. Greg tinha gostado de passar o Domingo de Páscoa em casa de Philip nos últimos dois anos, onde, a seguir a um pequeno-almoço tardio, vinha um assado de domingo. Janie compensava indo tomar chá com os sogros, Nell e Jimmy Juke, à tarde. Nesse ano, apesar da agitação à volta da bebé, o esquema manter-se-ia.

Quando Janie e Greg chegaram a casa de Philip, Jessica já tinha a mesa preparada para um pequeno-almoço apetitoso e foram recebidos pelo aroma e o som de bacon a estalar. Michelle passou de colo em colo como um pacotinho cor de rosa até ser altura de lhe dar de comer. Nessa altura, Jessica sentou-se com a bebé aconchegada nos braços enquanto Janie assumia os trabalhos na cozinha.

- Isto faz-me viajar no tempo recordando-me de uma manhã de Domingo de Páscoa quando eras bebé - disse Jessica a sorrir para Janie.

- Quantos anos tinhas nessa altura?

- Oh, eu era uma adolescente estranha, mas a tua mãe não se importava nada de te passar para o meu colo, principalmente quando era altura de mudar a fralda. - Jessica piscou o olho antes de reparar que a expressão no rosto de Philip mudara. - Desculpa, Phil, fui insensível.

- Não faz mal.

- A minha mãe fez a escolha dela há muito tempo. Foi pena não nos ter incluído, ei, pai? - Janie colocou a mão no ombro de Philip e apertou-o ligeiramente. - E agora não está a acompanhar o crescimento da primeira neta.

- Vamos mudar de assunto, sim? - interrompeu Greg.

- Sim, a comida chama-nos.

Philip e Charlie encaminharam-se para a sala de jantar.

- Puseste um lugar para o Luigi?

- Disse-lhe que era bem-vindo. Pensei que já tivesse chegado. - Jessica tinha um tom irritado na voz. - Talvez tenha ido à missa com a Rosetta...

- Não vamos esperar. Há que chegue para quando ele vier, se vier - declarou Philip.

Quando o pequeno-almoço tinha terminado e Jessica tinha subido para ir buscar alguns presentes de Páscoa, a campainha da porta da frente tocou.

- Vens a tempo do chocolate, mas demasiado tarde para algo minimamente salgado - gracejou Janie enquanto Luigi se dirigia para a sala de jantar.

- Fiquei retido.

Tinha o rosto fechado com uma expressão que podia ser de cansaço, ou podia ser de outra coisa. Cada vez que Janie olhava para ele, tentava imaginar o que levaria um homem a tirar a vida a outro. Será que tal acontecimento traumático ficaria para sempre gravado no rosto do criminoso, revelar-se-ia nos seus olhos ou nos olhares de soslaio? Abanou a cabeça para afastar tais pensamentos sombrios.

- Vamos deixar o meu pai e a Tia Jessica a arrumar e vamos levar a Michelle a passear. Está na altura de te mostrar o melhor de Tamarisk Bay - disse Janie. - Vamos explorar a Bottle Alley. Pensando bem, a Michelle também ainda não a viu. Vá, pega no casaco e dá-me uma ajuda com o carrinho de bebé.

Janie ia sair para passear a sua preciosa bebé com um homem que podia ter um coração tenebroso. Porém, o pai tinha-lhe dito para confiar nos seus instintos. Naquele momento, esses instintos diziam-lhe que Luigi tinha segredos, mas esses segredos não tinham nada a ver com assassínio.

Luigi seguiu Janie e, assim que chegaram à rua, caminharam lado a lado e em silêncio por algum tempo. Ao chegarem à beira-mar, Janie apontou para o túnel aberto no lado da praia.

- É para ali que vamos. A passagem foi construída nos anos trinta, acho eu. Tens de usar a tua imaginação para a visualizares como era nessa altura. Originalmente, havia janelas ao longo deste lado para proteger as pessoas dos salpicos do mar. Olha para as paredes, estão cobertas por milhões de pedacinhos de vidro colorido. Imaginativo, ei?

Luigi deu uma rápida olhadela para as paredes de betão, cravejadas com fragmentos de todas as cores. Apesar do túnel seguir paralelamente à praia, o ar parecia estagnado, como se os cheiros a algas e peixe morto fossem levados para ali pelo vento, mas depois não conseguissem ir-se embora. Chegaram a um banco de pedra e Janie sentou-se, apontando para o espaço ao lado dela.

- Vamos descansar um bocadinho.

Luigi sentou-se ao lado dela, dando pontapés para o lixo que se encontrava no chão por baixo do banco. Depois, tirou os cigarros e acendeu um.

- A polícia ficou com o meu passaporte.

- Disseram-te porquê?

- Acham que eu sou culpado de alguma coisa. Também pensas isso, não é?

Ele olhou-a fixamente de uma forma que a fez sentir desconfortável.

- Não estava a tentar acusar-te de nada ontem - ripostou ela. - Só estou a tentar compreender.

- Não é uma história simples de se contar.

- Sei que pais e filhos nem sempre se dão bem. Tenho sorte com o meu pai, é muito fácil lidar com ele.

Janie colocara o carrinho de bebé no seu lado direito. Sem sentir o movimento do carrinho a ser empurrado, Michelle começou a agitar-se e a queixar-se. Janie pegou no urso Barnabé, que estava na parte de baixo do carrinho, e aconchegou-o ao lado da filha. Michelle imediatamente tentou agarrar-lhe a orelha, levando-a à boca para a morder.

- Se não queres falar com o teu pai, que tal ligares à tua mãe? Talvez ela possa ser uma intermediária.... Alguém precisa de contactar a família do Sr. Williams.

Enquanto Janie aguardava uma resposta, viu-o a fechar as mãos em punho, como se estivesse a tentar ganhar forças para falar.

- A minha mãe morreu - disse ele.

As palavras proferidas eram como blocos de chumbo sobre ele.

- Lamento imenso, Luigi - retorquiu Janie.

Tudo que tinha para dizer agora parecia superficial e quaisquer perguntas irrelevantes. Abanou o carrinho para a frente e para trás, dando a si própria tempo e espaço para absorver as palavras dele.

Quando ele acabou de fumar, levantou-se num salto. Janie virou-se para ele por causa deste movimento súbito. Ele caminhou até ao fundo do túnel, afastando-se dela e virando-se para o mar. Ela pressentiu que a sua próxima pergunta iria ficar sem resposta e que, se dissesse alguma coisa errada, ele fechar-se-ia e não diria mais nada.

- Eras muito novo quando ela morreu?

- A minha mãe viveu a vida toda numa grande tristeza.

- A depressão pode ser terrível.

- A depressão é uma doença. A minha mãe não estava doente, estava triste. A vida tratou-a muito mal.

Ele manteve-se com as costas viradas para ela e ficaram a ouvir o som das ondas a bater contra os seixos.

- Deve ser muito difícil para o teu pai. Deve sentir terrivelmente a falta dela.

- O meu pai não é um homem simpático.

- Ele não é violento, é?

Luigi considerou a pergunta por um momento. Uma fúria violenta teria mostrado pelo menos alguma emoção. Ao invés, as memórias da sua infância e adolescência tinham sido contaminadas por uma ausência fria.

- Nada disso. A minha mãe não era uma pessoa forte. Não me estou a referir à sua saúde, essa era suficientemente robusta. Ela era frágil por natureza. Precisava de alguém para se apoiar. Pensou que o meu pai era essa pessoa, pois ele é forte em todos os sentidos da palavra. Ninguém se mete com Alberto Denaro.

A voz de Luigi diminuía de volume à medida que falava sobre os pais. Cada vez que fazia uma pausa, o único som que se ouvia era o ruído dos seixos a rolar e, de vez em quando, o grito de uma gaivota.

- Era um casamento de contrastes, duas pessoas à procura de coisas diferentes. Ele queria uma mulher que lhe desse um filho e, assim que eu nasci, a obrigação dela tinha terminado.

- Tenho a certeza de que se amavam.

- Talvez, - disse ele, abanando a cabeça - mas eu nunca os vi a rirem-se juntos ou a darem as mãos.

Mantiveram-se em silêncio por algum tempo, absortos nos seus próprios pensamentos, até que os gritos de Michelle trouxeram Janie de volta ao presente. Tinha atirado o urso para o lado e sentia-lhe a falta.

- A minha mãe chamava-se Eloise.

- É um nome bonito.

- Sim, e ela era bonita também, mas muitas vezes, quando eu chegava a casa da escola, encontrava-a a chorar sem razão aparente. Comecei a reparar nos sinais. Nalguns dias ela mal falava, optava por se isolar do mundo.

- E o teu pai?

- Estava sempre muito ocupado. Acho que nunca reparou.

- É por isso que estás tão zangado com o teu pai?

Ele virou-se para Janie e acendeu outro cigarro.

- Vamos andar um pouco.

Caminharam devagar ao longo do túnel. Dois miúdos passaram de bicicleta numa corrida e a rirem-se.

Alguns minutos mais tarde, Luigi apontou para outro banco e sentaram-se novamente.

- O teu pai é um homem muito especial. Tens sorte.

A voz de Luigi estava carregada de emoção. Janie manteve-se em silêncio, pressentindo que ele iria dizer mais qualquer coisa. Então, ele perguntou:

- A tua mãe foi-se embora quando eras nova?

Janie fechou os olhos com força.

- Não queres falar sobre isso, eu percebo.

- Eu era pequena. Não percebia muito do que se estava a passar. O que sei é que ela nos abandonou quando o meu pai mais precisava dela.

- E tu? Do que é que precisavas?

Ela deixou cair as mãos no colo e olhou para ele. Ele olhava-a desafiadoramente.

- Tínhamos a Tia Jessica.

- Uma mãe de aluguer?

- Era mais uma irmã mais velha do que uma mãe de substituição. Ela trouxe luz a uma época que poderia ter sido muito sombria.

- Tiveste sorte.

Ele acabou de fumar e atirou o cigarro para o chão, esmagando-o com o pé.

- Antes da minha mãe morrer, ela contou-me uma história sobre um soldado inglês que conhecera em Anzio durante a guerra.

- Não era o teu pai?

- Não.

- Podes contar-me essa história, Luigi?

Ele afastou o cabelo do rosto, virou-se para o mar e começou a falar.

CAPÍTULO 12

1944 – NA PIAZZA

IA HAVER UM CASAMENTO. O amor nascia no meio do conflito e da morte. Em breve, duas pessoas iriam sair da igreja de Santa Teresa com as testemunhas, mas sem as honras florais habituais e o séquito primorosamente vestido. Nada disso era possível. Pelo menos, era o que ela calculava. Não seria nada mais do que duas pessoas a declararem o seu amor uma pela outra.

Ela empoleirou-se em cima de um muro em frente ao bar na esquina entre a Via Cesare e a Via Lombardi. Se olhasse para a esquerda podia ver o mar. À distância, a água parecia tão lisa como o vidro. Porém, mais perto, no porto, a turbulência refletia tudo o que ela vivenciara desde o início da guerra. Barcos de pesca batiam contra a parede do porto, estragando o que ainda restava da pintura. Grande parte tinha escamado devido a uma combinação de sol quente no verão e rajadas fortes no outono.

Quando a família se mudara para Itália, ela não sabia nada sobre como eram ali as estações do ano. Agora, sabia que o sol brilhava quase todos os dias, mas, quando vinha acompanhado de redemoinhos vindos do Mediterrâneo, fechava os olhos e era como se estivesse de volta à sua terra natal.

Apenas há uns meses, as praias de Anzio tinham estado banhadas do sangue de milhares de mortos e feridos. Torpedos, bombas, tanques, barulho e terror. Ela escondera-se dentro de casa durante semanas com medo de sair, receando o que pudesse ver. Porém, naquele dia, decidira arriscar. O sol brilhava e estava na hora de sair da toca.

O *Bar Centrale* era o seu preferido de todos os pequenos cafés italianos, mas estava fechado desde o início da guerra. Não era tempo para divertimentos. Em vez disso, as ruas estavam cheias de soldados, veículos armados e desolação. Antes de Luigi nascer, ela sentava-se à mesa de um dos pequenos cafés e ficava a apreciar o líquido preto dentro da chávena em miniatura. A primeira vez que bebera um café expresso, sentira que tinha aterrado no mundo das maravilhas de Alice. Uma festa de chá onde a pega da chávena era tão pequena que mal conseguia enfiar o dedo para levar a chávena aos lábios. O líquido quente e forte tornou-se a sua bebida preferida. Adorava o ligeiro sabor amargo que ficava depois de misturar o açúcar, que mexia até deixar de sentir os torrõezinhos no fundo da chávena. Os italianos normalmente bebiam esta dose de cafeína de uma só vez, mas ela gostava de bebericar, de saborear o aroma cada vez que levava a chávena aos lábios. Porém, já passara muito tempo desde a última vez que bebera café verdadeiro. O líquido semelhante a melaço feito de chicória era um mau substituto.

A comida que tinha começado a adorar tinha sido substituída por tudo aquilo que se conseguia encontrar. Mesmo o pão era raro. Dantes o coração e a alma da comida italiana, a *pagnotta* tradicional era praticamente impossível de encontrar. Em vez disso, as pessoas faziam pão a partir de farinha de batata. As famílias que viviam fora da cidade, com terra suficiente para cultivarem legumes, tinham sorte.

Do cimo do muro onde estava sentada, ela tinha uma boa panorâmica da *piazza*. Porém, em vez de olhar para o pavimento coberto de escombros dos últimos bombardeamentos, fechou os olhos. Recordou-se da última vez que tinha ido à *piazza* antes da guerra ser declarada. Dois rapazitos com ar divertido estavam sentados à beira da fonte de mármore e mergulhavam as mãos na água para a atirarem um ao outro. Duas mulheres estavam sentadas lado a lado num banco ali perto, absortas na conversa. De vez em quando, uma das mulheres atirava as mãos ao ar. Quando chegara a Itália, ela não percebia aqueles gestos. Todas as conversas pareciam uma discussão, as vozes aumentavam de tom e as expressões no rosto eram animadas. Depois, com o passar do tempo, acabou por perceber que o tema da conversa podia ser simplesmente o aumento do preço dos pêssegos ou a alegria de uma colheita abundante. A comida era o centro da vida dos italianos, o foco de todos os seus dias.

Nos seus primeiros anos em Itália, os dias eram preenchidos com a escola. A família mudara-se para Anzio quando ela tinha quinze anos e ela teve dificuldades com a língua durante muito tempo. O pai mostrava o seu descontentamento ao evitá-la cada vez que ela cometia um erro gramatical. O medo de errar tornava a situação ainda pior. Muitas vezes sabia as palavras, mas estas mantinham-se escondidas dentro da cabeça com medo de emergirem através da boca. Mesmo quando falava em inglês, as palavras saíam num sussurro.

- Fala mais alto! – gritava-lhe o pai constantemente. - Que se passa contigo?! O gato engoliu-te a língua?

Muitas vezes ficava a pensar de onde teria vindo aquela expressão. Porque é que um gato engoliria a língua de alguém? Parecia muito estranho. Sorria para si própria ao imaginar um gato a morder a língua de alguém. Nesse momento, ouviu uma voz bem perto atrás dela.

- Olá, estás bem?

Levantou a cabeça e viu um soldado. O uniforme contava uma história, o rosto outra. A sua pele fresca e os suaves olhos castanhos faziam-na pensar em gargalhadas. Porém, o casaco militar, manchado de algo, provavelmente pó, ou algo pior, transmitia a brutalidade do combate.

- Estou bem, sim.

- Não devias estar aqui sentada, não é seguro. E se há outro bombardeamento? Vives aqui perto? Posso levar-te a casa, para me assegurar de que ficas segura?

- Como sabias que eu era inglesa? - perguntou ela.

- Era um palpite. Se não tivesses respondido, teria apontado. Costuma resultar. Tenho vergonha de admitir que não aprendi muitas palavras desde que estou aqui. Por favor, obrigado, água, é tudo o que sei.

Ele sorriu e ela desviou o olhar na direção da igreja.

- Tinha esperança de conseguir ver os noivos - disse ela.

Ele ergueu uma sobrancelha.

- O casamento. Pensei que se me sentasse aqui podia vê-los a sair.

Ele seguiu-lhe o olhar.

- Um carro parou ali há bocado. Um táxi.

- Não, isso não pode ser. Os táxis só estão autorizados a levarem militares, soldados feridos, VIPs.

Ela sorriu.

- Bem, esta noiva era esperta. Colocou um boné militar em vez de um véu. No caso de terem de parar, suponho.

- Conhece-los?

- Não, nada disso. Só acho que são muito corajosos.

- Corajosos?

- Sim, estarem tão certos numa altura destas, quando tudo é fluído e em constante mudança.

- É melhor aproveitar a vida enquanto se pode.

- É isso que fazes?

- É tudo o que posso fazer. Aqui estou eu, num país estrangeiro, vestindo um uniforme estrangeiro, a fazer um trabalho que não percebo bem...

- A combater?

- Sou motorista. Claro que percebo bem essa parte, mas todos os aspetos da guerra, a política, não consigo compreender nada disso.

- Já morreu tanta gente, é uma desolação sem fim. E isso tudo para quê? Não somos todos iguais? Pais, filhos, mães, filhas... Porque é que temos de escolher um lado?

- É confuso, de facto. Olha para a Itália. No outro dia os italianos eram nossos inimigos e agora estão a combater ao nosso lado.

- A culpa é do Mussolini, mas tens razão sobre ser complicado. Alguns italianos falam do muito que o Mussolini fez por eles, desenvolvendo campos agrícolas para poderem cultivar comida e criando os campos de férias para as crianças... Pensavam que ele se preocupava com o povo, mas depois veio o Hitler...

- É isso que estou a dizer. As voltas e reviravoltas da vida, o certo e o errado, não é assim tão fácil de determinar.

Os sinos começaram a repicar. Viraram-se os dois na direção da igreja e, uns instantes mais tarde, as pesadas portas de carvalho abriram-se. Primeiro saiu o padre, vestido com uma longa batina branca e um amito vermelho e dourado, como uma grande echarpe à volta dos ombros. A noiva vestia um fato creme, com um casaco cintado que lhe acentuava a cintura estreita. O cabelo estava apanhado para cima na parte de trás e tinha uma flor branca presa atrás da orelha, que contrastava perfeitamente com o seu cabelo preto como um corvo. Segurava um pequeno ramo de flores e um pequeno livro de orações. O noivo vestia o uniforme de um soldado italiano. Ele não tirava os olhos da noiva, nem por um segundo, e quase caiu quando os dois desciam a escadaria da igreja de mão dada. As duas testemunhas desceram as escadas atrás deles. Ela sentiu pena por eles não terem confetes, música ou risos.

- Será que eles têm uma câmara fotográfica? Alguém devia tirar fotografias.

O jovem soldado inglês endireitou-se.

- Ah, aí está, que bom!

Uma das testemunhas tirou uma pequena câmara de dentro da mala de mão e começou a tirar fotografias ao mesmo tempo que o sol despontava por trás de uma nuvenzinha branca.

- Que cena maravilhosa - comentou ele. - Agora, terão sempre algo para recordar.

- Não é preciso fotografias para nos recordarmos das coisas.

- De que é que te recordas?

- Quando fecho os olhos consigo ver a minha terra natal. Consigo ver as gaivotas a pairar por cima das falésias e os carneiros no mar. Até consigo ouvir os gritos das gaivotas e sentir o cheiro da pesca matinal.

- Cresceste na costa?

- Sim, perto de Tidehaven. Conheces?

- Que coincidência! Sim, conheço muito bem. Sou de Brightport, junto à costa. Há quanto tempo vives em Anzio?

- Mudámo-nos para aqui por causa do trabalho do meu pai.

- Deve ter sido difícil para ti. Os ingleses não foram bem-vindos durante algum tempo.

- Tinha saudades dos meus amigos.

- Vais ficar aqui depois da guerra?

- Quem sabe o que vai acontecer depois da guerra. Neste momento parece que nunca mais vai acabar.

- Posso levar-te a casa?

Ela desviou o olhar para a ruazinha escura paralela à *piazza*.

- Às vezes, quando ando pelas ruas, tento imaginar como eram antes. Ou mesmo como irão ser.

- Sem a guerra?

- Sim. Crianças a comer gelado, famílias a passear antes do jantar. Chamam a isso uma *passeggiata*.

- Suponho que seja o clima a fazer a diferença. Em Inglaterra, não há muitos dias em que possas dar um passeio agradável ao fim da tarde, mesmo durante o verão.

- Pergunto-me se algum dia irei ver novamente a minha terra natal...

- Claro que sim! Depois da guerra, as coisas vão ficar bem outra vez. Acredito nisso fervorosamente. Porém, talvez não queiras deixar tudo isto para trás. Se a minha família estivesse aqui, talvez procurasse ficar aqui, aprender a língua, casar com uma italiana bonita.

Ele viu os cantos da boca dela a esboçarem o início de um sorriso.

- Agora estás a brincar comigo - disse ela.

- Talvez.

As pessoas do casamento desapareceram da *piazza*, deixando-a num silêncio triste, como se nunca tivessem lá estado.

- Será que nos vemos novamente? - perguntou o soldado. - Quer dizer, vives aqui perto?

Ela sorriu.

- Vou ser um pouco atrevido, mas alguém alguma vez te disse o quão bonita és quando sorris? É como se alguém acendesse uma luz.

Ela apanhou o cabelo um rabo-de-cavalo, esperando que ele não reparasse que tinha corado.

- És muito bom com as palavras.

Ela levantou-se, estendeu a mão para o cumprimentar e, depois, afastou-se do pequeno bar. Ele ficou a vê-la atravessar a *piazza*.

CAPÍTULO 13

DOMINGO DE PÁSCOA - BOTTLE ALLEY

ENQUANTO FALAVA, LUIGI NÃO olhava para Janie, contemplava o horizonte. O túnel era frio e húmido e Janie, como começara a tremer ligeiramente, aconchegou o casaco ao corpo e pôs a gola para cima.

- A minha mãe recordava-se do soldado inglês como uma pessoa amável e simpática, que lhe deu alguma esperança.

A voz de Luigi não era mais que um murmúrio e Janie teve de voltar a cabeça na sua direção para conseguir perceber as palavras.

- Isso aconteceu depois da tua mãe ter casado? Depois de tu nasceres?

- Devia ter uns três anos. Provavelmente tinha ficado com uma vizinha. Não havia falta de vizinhas simpáticas que quisessem tomar conta de mim. Os italianos adoram crianças.

O tom da voz mudara, como se agora estivesse pronto para defender a mãe de tudo o que ela pudesse ter feito de mal há muitos anos atrás.

- Ela viu o soldado outra vez?

Ele abanou a cabeça.

- Ela voltou ao mesmo bar muitas vezes, mas ele nunca mais apareceu.

- Será que ela contou ao teu pai sobre o soldado?...

Janie ficou em silêncio por uns instantes, remoendo alguns pensamentos na cabeça, e depois perguntou:

- Luigi, pensavas que o meu pai era esse soldado?

Ele olhou diretamente para ela com os olhos muito abertos.

- É maluquice, eu sei, mas quando conheci a Jessica e ela me contou sobre o irmão, que ele tinha estado em Itália durante a guerra, pensei que havia essa possibilidade. Se calhar, eu quis acreditar em milagres por um momento.

- Ela não te deu nenhuma pista sobre quem poderia ser o soldado? Nem o nome?

- Talvez fosse apenas uma história. Talvez ela nem sequer tivesse conhecido nenhum soldado. Tens de perceber que a minha mãe vivia dentro da cabeça dela a maior parte do tempo.

- Parece que ela se sentia só. Devia ser difícil para ela passar tanto tempo sozinha, com o teu pai fora.

Luigi acendeu outro cigarro e começou a andar de um lado para o outro.

- Conheceste a Tia Jessica pouco tempo depois da tua mãe morrer?

Janie começava a ver as ligações. Por instantes, ninguém falou.

- Conta-me como ela morreu... Estava doente há muito tempo ou foi de repente?

Ele parou de andar de um lado para o outro, mas começou a bater com o pé, como se o movimento pudesse ajudar a afastar os pensamentos que lhe fervilhavam no cérebro.

- Ela perdeu a vontade de viver. Deixou de ter esperança, sabes. E, se não tivermos esperança, o que é que temos?

- A tua mãe atentou contra a própria vida, Luigi?

Janie falou no mesmo tom suave com que embalava Michelle para a adormecer. Ele fez um breve aceno com a cabeça em resposta.

- Fui eu que a encontrou.

A cabeça dele estava pendida para a frente e Janie teve dificuldades em perceber as palavras que proferia. Os inícios e os fins das frases desapareciam para dentro da gola da camisola.

- Não consigo imaginar o choque terrível que deve ter sido.

- Foi no dia a seguir ao do meu aniversário. Na noite anterior, a minha mãe tinha feito a minha comida preferida. A lasanha dela era melhor do que qualquer comida de um restaurante. Agora é um prato que nunca mais vou comer.

- Tenho a certeza de que era uma cozinheira fantástica.

- Tinha adquirido a paixão dos italianos por comida. Caprichar na comida é mostrar o quanto se ama alguém. Em muitos aspetos, ela tinha-se tornado italiana.

- Se ela tivesse vivido em Itália desde criança, teria sido como se fosse a sua terra natal.

Janie viu que ele lutava contra as imagens que lhe surgiam na mente.

- Se ela tivesse regressado para Inglaterra antes da guerra, ainda hoje estava viva - disse ele com certeza na voz.

- Achas que viver em Itália fazia-a infeliz?

- Não, não era a Itália que a fazia infeliz. Era o meu pai.

O fio condutor da história era nubloso e todas as memórias e emoções formavam um redomoinho confuso.

- O que estavas a dizer sobre o teu jantar de aniversário?

De forma suave, ela tentou guiá-lo de volta.

- O meu pai não estava lá, disse que estava demasiado ocupado. *Podemos celebrar quando voltar a casa.* - Luigi fechou as mãos em punhos. - Sim, foi uma boa celebração, realmente. Voltou para descobrir que a mulher tinha morrido e o filho se tinha ido embora.

- Deves ter querido apagar tudo da memória.

- Deixei uma carta ao meu pai. Disse-lhe que a morte da minha mãe era culpa dele e que nunca o iria perdoar.

Ele contraiu o rosto. O rosto bonito que devia ter virado as cabeças de muitas *signorinas* italianas agora parecia quase feio.

- Para onde foste?

- Fiquei em casa do Mario. Ele é um bom amigo. Sabia que o meu pai nunca me encontraria ali, pois não conhece os meus amigos. Não sabe nada sobre mim.

- Deve ter sido uma altura em que te sentiste muito só.

Ela tocou-lhe no ombro e sentiu-o a tremer.

- Era mais fácil estar sozinho. O Mario estava a trabalhar a maior parte do tempo. Dormi bastante, bebi bastante. Demasiado.

Parou de falar e ficou a olhar para baixo, para um monte de areia e seixinhos que tinham sido atirados para ali com a última maré alta. Baixou-se, agarrou numa mão-cheia de areia e deixou-a escorrer por entre os dedos.

- O Mario deve ser um bom amigo.

- Sim, ele é o melhor dos amigos. Passei umas semanas sem sair de casa, sem fazer nada. Então, um dia, ele disse-me que tinha de parar de me esconder. Obrigou-me a enfrentar a vida de novo.

- O que fizeste para ter dinheiro?

- O Mario ofereceu-me trabalho no bar dele.

- E, depois, conheceste a Jessica?

- Sabes o resto.

Atirou a beata do cigarro para o chão. De seguida, endireitou-se, esticou-se até à sua altura máxima e colocou os ombros para trás, como se reforçando a sua posição no mundo.

- Ok, vamos voltar agora. O meu pai e a Tia Jessica vão começar a preocupar-se. E eu e o Greg temos de ir tomar chá com os meus sogros. Se chegarmos atrasados, vou ter de ouvir...

Caminharam de volta ao início do túnel Bottle Alley, com Janie a empurrar o carrinho de bebé e Luigi em silêncio ao lado dela.

- Obrigada por me contares sobre a tua mãe. Falar sobre isso outra vez não deve ter sido fácil.

- É fácil falar contigo.

- E com a Tia Jessica?

- Não tenho nada a esconder.

Janie ficou com a sensação de que Luigi tinha respondido a outra pergunta totalmente diferente.

- Há outra coisa que preciso de te contar - disse ele. Era como se tivesse aberto a torneira das memórias e agora elas jorravam. - Na noite em que a minha mãe morreu, eu fiquei muito bêbado. Fui até à adega do meu pai e, depois, fui ao escritório dele e revirei-lhe a secretária. Estava convencido de que o meu pai tinha uma amante.

Não conseguia imaginar que alguém dedicasse tanto tempo da sua vida apenas aos negócios. Tinha de haver uma mulher no meio daquilo. Tinha a certeza de que ia encontrar alguma coisa, uma foto ou uma carta de amor.

- Achas que a tua mãe suspeitava que o teu pai tinha um caso? Era por isso que era tão infeliz?

Luigi fixou o olhar em Janie, mas era como se estivesse a olhar através dela, para outro lugar, para outra altura.

- Nunca saberei. O mais difícil de suportar é que não posso falar com ela e ela sentiu que não podia falar comigo.

- Ela queria proteger-te. É natural que uma mãe queira proteger o filho.

Por um momento, os pensamentos de Janie foram para a filha. Inclinou-se sobre o carrinho de bebé e sorriu para Michelle, que lhe respondeu acenando com os braços e as mãos fechadas em punhos pequeninos. Depois, voltou a olhar para Luigi, que limpava as lágrimas do rosto.

- Passaste por muito, tem sido difícil para ti. E a tua amizade com a Tia Jessica? Achavas que ela podia ajudar?

- Achas que usei a tua tia, não é?

Falava num tom acusatório. Parecia que as emoções mudavam num ápice, de dor para raiva, e, logo a seguir, de novo para dor.

- A Tia Jessica é dona de si mesma. Não me cabe a mim julgar.

- Vi uma oportunidade de fazer uma peregrinação.

Janie olhou-o interrogativamente e aguardou que ele continuasse.

- Vir até Inglaterra, à costa sul, era uma oportunidade de descobrir mais sobre a minha mãe, quem ela era antes...

- Antes de ir para Itália?

- Antes de se perder no caminho. Era onde estava na noite em que o Bertie morreu. Fui fazer um passeio e pensar na minha mãe.

- A imaginar a terra natal dela?

- Sim. Ela teria andado pela beira-mar, brincado na praia. Gosto de apanhar seixos, de fingir que são os mesmos que ela apanhou.

Esticou as mãos vazias na direção de Janie, como que a mostrar-lhe as pedras da praia.

- Podemos fazer perguntas às pessoas daqui, - disse Janie, animando-se - descobrir se alguém se lembra da família dela. A minha boa amiga Phyllis Frobisher viveu aqui toda a vida. Talvez se lembre da tua mãe.

- Queres ajudar, eu sei disso. Pensei que vir aqui fizesse com que ficasse mais próximo da minha mãe, mas, em vez disso, é como uma árvore sem raízes, que apenas pode desabar e cair.

- E, agora, com a morte do Bertie?

- Vou fazer o que me pediste, vou telefonar ao meu pai.

- Estou confusa. Quando falámos antes, disseste-me que pensavas que o teu pai tinha mandado o Bertie atrás de ti, mas agora contaste-me uma história diferente.

Ele sorriu de forma irónica.

- Já percebo porque és detetive.

- Tenho a certeza de que o teu pai vai querer ajudar. Se ele souber que a polícia ficou com o teu passaporte, ele vai querer provar a tua inocência.

- Antes de deixar a Itália, escrevi outra carta ao meu pai. Disse-lhe que vinha aqui. Contei-lhe sobre a tua tia e disse-lhe que ela me tinha ajudado mais em poucos meses do que ele a vida toda.

Janie não disse nada, mas imaginou o pai de Luigi e a dor que a carta lhe deve ter causado.

- Deves achar que não tenho coração, que não tenho sentimentos - retorquiu ele, olhando para ela.

Ela ia abanar a cabeça em resposta, mas ele voltou a falar.

- O meu coração ficou partido quando a minha mãe morreu, por isso, talvez tenhas razão.

Mais tarde, durante a hora que passou em casa dos sogros, Janie reviu na sua cabeça a conversa que tinha tido com Luigi. A história que ele lhe contara era triste, mas, de alguma forma, ela estava aliviada por a ter ouvido. A coleção de buracos negros no carácter de Luigi parecia ter desaparecido. Sim, ele tinha tido um comportamento estranho, mas agora ela conseguia perceber algumas das razões para as suas ações.

Estava tão absorta nos seus pensamentos que, de vez em quando, Nell Juke tinha de repetir a pergunta até Janie perceber que alguém estava a falar com ela.

- Não te esqueças de levares os casaquinhos - disse Nell, colocando Michelle no seu colo e examinando a roupa. - Tricotei o número dois, mas rapidamente vai deixar de lhe servir. Tens a certeza de que não a estás a alimentar demasiadas vezes? Parece ter engordado desde que a vimos na semana passada. Os bebés gostam de rotinas, não deves deixar ser ela a mandar.

- Está tudo bem, mãe - respondeu Greg antes que Janie pudesse dizer alguma coisa.

- Não concordo nada com essas ideias modernas de alimentação a pedido - continuou Nell. - Tens de estabelecer limites. Foi o que fizemos com o Greg e a Rebecca e não lhes fez mal nenhum.

- Mãe, a sério, não te preocupes. Eu e a Janie sabemos o que estamos a fazer.

Nessa noite, já em casa, depois de pôr Michelle a dormir, Janie deixou-se cair no sofá com os pés no colo de Greg.

- Achas que a massagem aos pés vai resultar? Foi um dia duro, não foi? - disse o Greg.

- Um fim de semana duro, mas é. É irónico, não é? Estava desejosa que a Tia Jessica regressasse de Itália e agora, desde que chegou, é só dramas.

- Sim, mas a culpa não é dela.

- Não, definitivamente a culpa não é dela. Talvez com exceção na escolha de amigos.

- O Luigi?

- Ele é bastante traumatizado, não é? A história que me contou hoje era muito triste.

- E pensava que o teu pai era aquele soldado inglês?

Janie fechou os olhos e pousou a cabeça numa das almofadas.

- Suponho que pensou que pudesse encontrar alguma coisa no quarto do meu pai, uma foto ou uma pequena lembrança.

- Era um tiro no escuro, não era? Não acho que pensasse realmente que iria encontrar o soldado. Parece-me que vive num mundo de fantasia.

- Perder a mãe daquela forma... Bem, isso dá cabo de qualquer um, não é?

- O suicídio é deprimente. Tens de estar muito mais do que infeliz para acabares com a tua própria vida.

- Achas que culpa o pai? Ele disse que o pai e a mãe não se davam bem e que o pai apenas se interessava pelo trabalho. Parece bastante ressentido em relação a tudo isso.

- É natural, qualquer um estaria. Imagina como te sentirias se o teu pai morresse.

- Seria insuportável, ficaria de rastos, mas não ficaria zangada.

- A dor faz as pessoas sentirem todo o tipo de emoções.

- Estou surpreendida por ele não ter contado isto à Tia Jessica.

- Não é fácil para alguns homens falarem sobre essas coisas.

Janie sentou-se e abraçou o marido, puxando-o para junto de si.

- Tu dir-me ias, certo?

- Diria o quê?

- Se estivesses chateado com alguma coisa? Se estivesses preocupado ou triste?

- Neste momento, a única coisa que me preocupa é que pensas que este é outro caso para tu resolveres. Entraste num determinado estado de espírito e estás a imaginar todo o tipo de coisas.

- Não estou a imaginar nada, Greg, estou apenas a dizer-te o que ele me contou.

- O que achas que está a acontecer, então?

- Não faço ideia, mas há algo de errado.

Na cabeça de Janie, ainda havia perguntas sem resposta. Se conseguisse descobrir porque é que Bertie tinha ido a Tamarisk Bay talvez conseguisse dar sentido a tudo aquilo. E, depois, havia Rosetta. Havia algo estranho no comportamento dela. Claro que estava abalada por ter descoberto um hóspede morto num dos quartos da sua casa, mas Janie tinha a certeza de que se passava algo mais. Teria a ver com os Denaros ou com os amigos italianos dela?

- Ok, já chega - disse Greg. - Consigo ouvir a tua cabeça a trabalhar. Vou ligar a televisão e preparar bebidas quentes. Depois, acho que devias abrir o teu ovo da Páscoa.

Noutra casa em Tamarisk Bay, a Páscoa também passara para segundo plano.

Frank Bright afundou-se na poltrona junto à lareira, descalçou as pantufas e esticou os pés em direção à chama alimentada a carvão.

- O Luke e o Tom já estão finalmente a dormir? - perguntou ele, observando a mulher a dobrar uma pilha de fraldas lavadas. - Vais descansar por cinco minutos?

- Preciso de fazer as tuas sandes e pôr as fraldas sujas de molho.

- Deixa isso por agora, Nikki, estás com um ar exausto. Anda sentar-te aqui ao pé de mim, não conversamos um com o outro há dias.

Frank puxou a mulher para que ela se sentasse no seu colo e abraçou-a.

- Também deves estar cansado. Tem sido uma noitada atrás da outra, ainda por cima num fim de semana prolongado.

- O crime não tira férias. Na realidade, o contrário é verdade, pela minha experiência.

- Estás preocupado com este caso, não estás?

- Preocupo-me com todos eles.

- Eu sei que sim, mas consigo ver quando há um que te afeta mais. Consigo ver isso na tua cara. E tens andado muito agitado à noite.

- Devias saber como isso é. Com aqueles rapazes, mal consegues dormir uma hora seguida a maioria das noites.

- Eu sei, mas não vai ser para sempre. Vai ser mais fácil daqui a uns meses, quando entrarem numa rotina.

Ela observou-lhe o rosto.

- Fala comigo - pediu ela.

- Houve uma morte.

Enquanto falava, revia os factos na sua mente.

- Um assassínio em Tamarisk Bay! Não admira que estejas em alerta.

- Não sei se é um assassínio. Esse é que é o problema.

- Por favor, não me digas que é alguém que conhecemos.

Nikki tentou encontrar indícios no seu rosto.

- Não, nada disso, mas a tua amiga está envolvida outra vez.

Nikki inspirou fundo.

- Janie Juke.

O tom de Frank era mordaz.

- Já não somos amigas, não propriamente.

- Não devia estar a falar contigo sobre isto. Não devia estar a falar sobre isto de todo. Esquece que disse isso.

- Dificilmente vou conseguir fazer isso agora. Suponho que a Janie esteja a tornar as coisas difíceis para ti.

- Sim e não. Ela gosta de se meter, de fazer perguntas.

- E esse é o teu trabalho.

- Para ser completamente sincero, ela tem jeito para isso.

- Algumas pessoas não gostam de falar com a polícia.

- És capaz de ter razão quanto a isso.

- Não deixes que ela te afete, mas aproveita-a. Se as pessoas lhe dizem coisas que não te dizem a ti, torna-a tua aliada. Não precisam de estar em lados opostos.

Frank deu um beijo à mulher e pegou-lhe na mão esquerda, acariciando-lhe a aliança de casamento.

- Sabia que havia uma razão para ter casado contigo.

CAPÍTULO 14

SEGUNDA-FEIRA DE PÁSCOA - CASA DOS JUKES

A SEGUNDA-FEIRA DE PÁSCOA acordou com um maravilhoso dia de primavera. Assim que o sol nasceu, encheu a casa dos Jukes com raios brilhantes, lançando fragmentos de luz e sombra por cima dos móveis. Infelizmente, também mostrou o pó e umas quantas teias de aranha nos cantos mais altos da cozinha. Ignorando a lista mental de afazeres domésticos que tinha estado a fazer desde que acordara de madrugada, Janie enrolou Michelle num cobertor extra, vestiu um casaco por cima do roupão e saiu para o jardim das traseiras.

Os açafrões e os flocos-de-neve que tinham brotado através do terreno gelado várias semanas antes tinham acabado de florir. Em compensação, um grande conjunto de narcisos tinha acabado de surgir no canto mais afastado do jardim, abrigados por baixo de uma faia.

Janie ficou de pé na soleira da porta das traseiras por alguns minutos a observar uns passarinhos à luta pelas migalhas que estavam na mesa dos pássaros. Ela tinha enchido os dois comedouros para pássaros no dia anterior, mas agora estavam quase vazios. Calculou que os esquilos tivessem tirado a sua quota parte, mas sabia que a natureza tinha uma maneira própria de resolver lutas de poder. Sorriu ao se recordar das conversas com a sua amiga Zara, que defendia fervorosamente os animais em detrimento dos humanos.

- Talvez venhas a conhecer a Zara um dia - murmurou para a filha.
- Ela abriu-me os olhos para muitas coisas, como, por exemplo, a injustiça. Se calhar há novamente injustiças por aqui, o que achas?

Como se tivesse percebido tudo, Michelle abriu muito os olhos e fez um barulhinho como se estivesse a tagarelar.

- Estás a falar sozinha?

Greg aproximou-se da mulher. Enrolado no seu roupão, com a barba por fazer e os olhos meio fechados, parecia mais a dormir do que acordado.

- Estou a advertir a nossa filha sobre alguns dos problemas do mundo.

- Um bocadinho cedo demais para discussões tão sérias...

- No dia ou na vida dela?

- Ambos. Anda para dentro. Pode estar sol, mas continua frio.

Greg tinha acabado de colocar a chaleira ao lume quando a campainha tocou.

- Não pode ser verdade! Com certeza que o leiteiro não está à espera de receber o dinheiro num feriado!

Greg apertou o cinto do roupão e foi abrir a porta da frente.

- Bom dia!

Libby estava à porta com o seu cabelo louro num estilo bob chique e os olhos devidamente maquilhados, contrastando bastante do aspeto desgrenhado de Greg.

- Trouxe presentes!

Ela passou por Geg e encaminhou-se para a cozinha.

- Folares!

Sem esperar resposta, abriu um dos armários da cozinha e tirou de lá um tabuleiro para o forno.

- Ligo o forno enquanto preparas as bebidas?

- Não a abanes demasiado, ela comeu há pouco tempo.

Janie só pensava numa coisa quando Libby pegou em Michelle e a levantou no ar, dançando com ela à volta da mesa da cozinha.

- Quais são as últimas novidades sobre o novo homem na cidade, Michelle? - perguntou Libby, parando devagar e deitando a cabeça de Michelle no seu ombro.

- O que te faz estares tão fresca e fofa a esta hora ridiculamente cedo do dia e de quem é que estás a falar? - perguntou Janie.

- O Sr. Romeu, o amigo da Jessica. - Libby enfatizou a palavra com um sorriso aberto. - Ele é lindo de morrer? Aqueles ares latinos... Oh, até consigo imaginar!...

Greg estava de pé na soleira da porta da cozinha e agora, que calculava para onde a conversa se encaminhava, estava desejoso de fugir dali.

- Preciso de me despachar. Deixo-vos com os vossos assuntos, mas, por favor, não corrompam a minha filha com essa conversa. Lembrem-se de que nem tudo o que brilha é ouro.

- O que é que o brilho tem a ver com isto? - perguntou Libby.

- Só porque alguém é bem-parecido não quer dizer que seja um bom partido. Não quero que a Michelle fique com a ideia errada - gritou Greg enquanto subia as escadas.

- É, portanto? Bonito, quero dizer.

Libby agarrou um pano de musselina que Janie lhe deu quando Michelle trouxe o leite de volta pelo mesmo caminho que tinha ido e o despejou no casaco da Libby.

- Oh, fantástico. Obrigada. Não podias ter esperado até te devolver à tua mãe? Essa não é a melhor forma de tratar a minha nova aquisição! Demorei dois meses a poupar dinheiro e só o consegui comprar nos saldos de Janeiro...

- Eu avisei-te. Vá, deixa-me passar a esponja para limpar isso. Senta-te e mantém a minha filha quieta por um minuto. Tens demasiada energia para esta hora da manhã. Quantos cafés já bebeste?

Com as bebidas feitas, o leite vomitado já limpo e Greg no jardim das traseiras a aproveitar uns momentos de paz, as duas foram-se instalar na sala de estar.

- Detestaria ouvir o que o Ray diria se soubesse que andas a suspirar por um estranho.

Janie tirou um pedaço do folar e enrolou-o nos dedos.

- O que ele não sabe não o pode magoar. Vais comer isso ou só brincar com ele?

- Este fim de semana tirou-me o apetite, para ser sincera. Vocês os dois estão bem?

- Eu e o Ray? Claro que sim, porque não estaríamos? Só porque fico contente com empada de carne e rim não significa que não me possa babar com um gelado *knickerbocker glory* de vez em quando.

- És incorrigível.

- Obrigada, tomo isso como um elogio.

- Bem, sim, o Luigi é bonito, se sombrio, moreno e continental é a tua cena.

- Parece delicioso!

- Mas, como disse o Greg, nem tudo se resume ao aspeto.

- O quê, ele tem um passado malvado e secreto?... E o que é que eu perdi que te fez perder o apetite?

Janie preparou as almofadas num dos cantos do sofá para deitar Michelle e passou os dez minutos seguintes a pôr Libby a par dos acontecimentos dos últimos dias.

- Oh, meu Deus! Perdi isso tudo por uma dança estúpida, que nem sequer foi nada de jeito! Podia ter estado no local e escrever uma reportagem em primeira mão! Se calhar, até podia ter conseguido a primeira página...

- Libby, um homem morreu... Isto não é sobre tu teres perdido a oportunidade de um furo e um bónus do teu editor.

- Eu sei, eu sei. Portanto, se o DS Bright vos interrogou a todos, deve achar que há algo mais.

Janie rodou a chávena vazia no pires, recordando os acontecimentos dos últimos dois dias antes de responder.

- Há algo mais, sim, tenho a certeza disso, mas o que esse algo mais é, não faço ideia.

- Vamos pensar nisso. Lembra-te de que nós as duas temos os melhores cérebros detetivescos de Tamarisk Bay. Resolvemos o último mistério em que trabalhámos juntas, por isso, vamos fazer isso outra vez.

- Procurar uma pessoa desaparecida é uma coisa, mas desta vez há um morto.

- Oh, vá lá, o que é que te impede? O Poirot estaria lá num ápice.

- Libby, isto é sério.

- E nós também somos. Vá lá, onde está o teu caderno? Eu tomo conta da bebé enquanto o vais buscar. Prometo não a abanar por aí. Vamos ficar aqui sentadas sossegadinhas. Mas despacha-te que tenho de ir trabalhar daqui nada.

- Vais trabalhar num feriado?!

- As notícias não tiram férias, sabes...

- Ok, então vai trabalhar e, depois, passa por cá quando estiveres despachada. Entretanto, eu faço alguns apontamentos e vemos isso juntas.

- Parece um bom plano!

- E não te esqueças de que não podes dizer nada do que te contei ao teu editor ou eu vou acabar na prisão.

- Não é ilegal reportar uma morte local num jornal local, com certeza...

Mais tarde, Janie e Libby deixaram Greg a ver uma comédia de Brian Rix na televisão enquanto analisavam os apontamentos de Janie.

- Ok, conta-me tudo novamente e concentra-te nas partes onde tens mais dúvidas - disse Libby.

- Eu tenho dúvidas em tudo.

- Vá lá, concentra-te.

Havia um ligeiro tom de impaciência na voz de Libby.

- Ok, primeiro: porque é que o Bertie veio a Tamarisk Bay? E parece que veio no mesmo comboio que o Luigi.

- Isso são duas coisas.

- Eu sei, mas estão ligadas. Depois, temos a camisa com sangue que o Luigi escondeu debaixo da cama.

- Talvez ele seja apenas muito desarrumado. Um desses homens que atira a roupa suja para o chão e esquece-se dela. O Bertie não tinha uma faca espetada quando o encontraste...

- Não é altura para brincadeiras. A questão da pasta de documentos também é estranha. Além disso, a polícia ficou com o passaporte do Luigi.

- Portanto, a pasta de documentos que a polícia levou do quarto do Bertie não era mesmo do Luigi?

- Ele diz que não.

- Concentra-te nos factos. Sabemos que o Alberto e o Bertie são sócios. Se calhar o Bertie estava mesmo aqui em negócios e é apenas pura coincidência que o Luigi tenha chegado na mesma altura e no mesmo comboio. No entanto, o Marcus, o meu editor, contou-me coisas interessantes. Ele interessa-se muito por política internacional.

- Então, o que é que ele está a fazer num jornaleco local?

- Porque precisa, suponho. Ele constituiu família recentemente. Enfim, isso não é importante. O que é importante é que ele sabe imenso sobre o que se está a passar em Itália.

Janie ergueu uma sobrancelha e esperou que a amiga continuasse.

- Tive uma longa conversa com ele hoje.

- Libby, por favor diz-me que não disseste nada sobre a morte do Bertie. Isso só me vai trazer problemas com o DS Bright. Ele vai saber que fui eu quem contou a história e vou-me tornar a Sr.ª Impopular, outra vez!...

- Não entres em pânico. Não disse uma palavra. Só fingi que tinha ficado interessada. Disse-lhe o quão importante era ter uma visão dos assuntos a nível mundial para progredir na minha carreira.

- Parece plausível.

- Deve ter parecido plausível porque ele caiu que nem um patinho. Passou uma hora a explicar tudo o que se tem estado a passar na Europa desde o fim da Segunda Grande Guerra, numa perspetiva política. Para ser sincera, a maior parte da informação entrou-me por um ouvido e saiu-me pelo outro.

- Ficaste a saber alguma coisa de útil sobre Itália?

- Sim, isso mesmo. Afastei-o da visão global e perguntei-lhe especificamente sobre a Itália. Disse-lhe que sempre fui fascinada pelo país.

- Então, o que descobriste que nos possa ajudar sobre a morte de um desconhecido inglês numa casa de hóspedes gerida por uma italiana?

- Quando descreves as coisas dessa maneira, parece tudo um bocado absurdo. Basicamente tem tudo a ver com a Máfia.

- O que é que tem a ver com a Máfia?

- A Máfia controla montes de organizações estatais em Itália.

- E negócios?

- Definitivamente.

- Parece que na última década ou mais o crime organizado e a violência têm aumentado em Itália e as autoridades ligaram isso tudo à Máfia. Há uns cinco ou seis anos houve uma rusga massiva, centenas de pessoas foram presas e acusadas de tudo, desde tráfico de drogas até assassínio. - Libby fez uma pausa para o efeito das suas palavras se fazer sentir e, depois, continuou. - Os julgamentos continuam, mas há provas que os ligam a assassínios brutais, até à morte de polícias.

- Isso é tudo fascinante, mas não estou a ver a relevância disso em relação ao Bertie, ou o Luigi, já agora.

- Pensei que eras tu que tinhas uma mente de detetive. O Poirot não ficaria admirado. Pensa nisso por um minuto. E se o Bertie cometeu um crime, fuga aos impostos ou algo pior, e sabe alguma coisa que implica o pai do Luigi. Seria uma razão suficientemente forte para que o Sr. Denaro quisesse que o Bertie fosse silenciado de vez. Talvez tenha contratado alguém para o matar? Se calhar ele sabia demais...

Janie passou as mãos pelo cabelo e suspirou.

- Leste demasiados policiais e viste demasiados filmes de ação.

Libby levantou-se da poltrona de uma salto e colocou uma mão em frente à cara de Janie, batendo num dedo de cada vez à medida que contava.

- Um, temos de descobrir mais coisas sobre o Bertie. Dois, precisamos de falar com o Luigi para lhe perguntar o que é que ele sabe sobre os negócios do pai. E, três...

- Mais devagar! Sei o quanto te entusiasmas quando estás numa missão. Tudo o que vês à frente é uma oportunidade para um grande e gordo título: "Rasto da Máfia leva a morte em Tamarisk Bay", com a Libby Frobisher num exclusivo brilhante e a receber outra palmadinha das costas por parte do editor. No entanto, não vai ser assim tão fácil.

Janie estava agora de pé, com a mão estendida, a imitar a atitude da amiga.

- Um, o Bertie está morto, portanto, não nos vai dizer nada. Dois, a relação do Luigi com o pai é praticamente inexistente, por isso, tenho dúvidas de que vá cooperar, o que nos deixa exatamente em lado nenhum. Entretanto, a Jessica está a sentir-se culpada por trazido o Luigi para aqui e a Rosetta está completamente paranóica com a reputação da sua casa de hóspedes.

- Oh, coitada. Sim, tinha-me esquecido da Rosetta. Está a passar por um mau bocado, não está?...

- É completamente anti-polícia. Deve ter tido um confronto horrível com a polícia algures no passado.

- Será outro mistério?

Janie sorriu e abanou o dedo.

- Oh, não, nem penses nisso. Já temos o suficiente neste momento, não precisamos de ir à procura de mais para investigar.

- Ok, olha, tive uma ideia.

- Fico sempre apreensiva quando dizes isso.

- Mas esta é uma boa idea!...

- E...?

Janie inclinou a cabeça para o lado e ficou à espera.

- Ainda não conheci o Luigi. E se tu mo apresentasses e me deixasses ver o que podia arrancar dele? Pode ser que uma abordagem diferente resulte...

- E o Ray não se vai importar que estejas com outro homem? Um italiano lindo de morrer, ainda por cima?

No rosto de Libby surgiu um grande sorriso.

- Ele vai compreender, especialmente se lhe prometer que o compenso.

- Não, desta vez é comigo. Porém, se quiseres emprestar-me os teus ouvidos, passa por aqui daqui a um ou dois dias e eu ponho-te a par das novidades.

- Boa sorte, então.
- Obrigada, vou precisar.

CAPÍTULO 15

TERÇA-FEIRA DE MANHÃ - TAMARISK BAY

JANIE ABRIU O GUARDA-ROUPA e passou a mão por entre os vestidos e as saias. Hoje era o dia que tinha planeado para descobrir se conseguia voltar a vestir o seu mini-vestido preferido. Há meses que nadava dentro de batas e vestidos de maternidade enormes e durante as primeiras semanas depois de Michelle ter nascido parecera-lhe que nunca mais iria voltar à sua forma anterior. Sempre que tinha oportunidade, fazia os exercícios que o seu conselheiro de saúde lhe tinha sugerido. O único problema era se Greg a apanhava a fazer os exercícios e brincava com ela incessantemente até desatarem os dois a rir à gargalhada.

Tirou um vestido de malha da cruzeta, vermelho com linhas direitas, e encostou-o à sua frente, admirando-se no espelho.

- Deve servir - murmurou para si própria antes de atirar a camisa de dormir para cima do monte de roupa suja que estava o chão do quarto, pronto para ser levado para a cozinha. Então, vestiu-o, sustendo um pouco a respiração enquanto fechava o fecho lateral. Fez uma trança com dois lenços para criar uma bandolete vermelha e branca, que colocou no cabelo, enfiando a franja por baixo. Apenas um fio de cabelo estava determinado a fugir. Vestiu Michelle com um babygro branco e um casaquinho vermelho e pôs-se em frente ao espelho com a filha nos braços.

- Fazemos um belo par! Vamos lá impressionar a tua tia-avó. Mostrar-lhe que temos o nosso próprio estilo no que toca a moda chique continental.

Em resposta, Michelle agarrou-lhe o cabelo e não o largou até Janie conseguir abrir-lhe os dedos.

Aquele seria um dia dedicado à moda.

- Queres ir às compras? - perguntou Jessica quando Janie entrou pela porta da frente. - Viajar com pouca bagagem é tudo muito bonito, mas isso significa que tenho de renovar constantemente o meu guarda-roupa.

- Parece bem, não achas, Michelle?

Janie espreitou para dentro do carrinho de bebé para ver se a filha tinha acordado.

- Não penses em butiques, porém. As minhas compras são estritamente confinadas às lojas de caridade.

- Acho que vais ter imenso à escolha - disse Philip ao chegar ao vestíbulo para cumprimentar a filha.

- Roupas ou lojas? - perguntou Jessica.

- Ambos.

Philip e Janie responderam em simultâneo, o que fez com que todos desatassem a rir e, como resultado, acordaram Michelle.

Tamarisk Bay estava cheia de turistas. Casais que tinham vindo de Londres para passar o fim de semana da Páscoa e famílias com filhos pequenos determinadas a passar as férias escolares à beira-mar, independentemente do tempo. O parque de caravanas Haven, situado entre Tamarisk Bay e Brightport, normalmente esgotava durante as férias. Janie trabalhara no bar de lá durante duas temporadas no final da sua adolescência. Entre limpar as mesas e lavar copos, ela gostava de observar os rapazes da cidade a pairarem à beira da pista de dança à espera das músicas mais calmas para terem a oportunidade de dançarem com as raparigas fora da cidade. Depois de conhecer o Greg, ela brincava com ele por causa disso.

- Não me digas que não fazias isso. Um beijo breve e, depois, elas iam para casa e tu serias perseguido pela rapariga seguinte, de olhos brilhantes e sonhando por um romance de férias.

- Isso nem sequer merece uma resposta e eu só tenho olhos para ti.

- Ah, dizes sempre as coisas certas.

- Estás a sorrir porquê? -Jessica trouxe Janie de volta ao presente enquanto esperavam na passadeira para que um carro parasse.

- Tu e o pai costumavam ir ao Haven quando eram adolescentes?

- Não existia quando éramos adolescentes. Lembra-te que somos uns velhos.

- Tretas. E que tal se fôssemos lá um dia e eu vos mostrasse o sítio? Ias adorar. Mas antes precisamos de resolver este assunto com o Luigi. A polícia ficou com o passaporte dele. A situação não está boa para ele.

- Quanto mais tempo passo com ele, mais ele se torna um enigma. Embora enigma não seja provavelmente a palavra certa, pois soa muito leve e, neste momento, tudo o que aconteceu desde que chegámos tem sido o oposto.

Quando conseguiram atravessar a estrada para a beira-mar, Janie fez um gesto para Jessica levar o carrinho de bebé. Partilhar com a tia o que ela agora sabia sobre o amigo dela seria mais fácil sem a preocupação de tentar evitar constantemente os ciclistas e as pessoas que caminhavam por ali. Havia mais movimento do que o normal, pois o sol inesperado tinha atraído uma multidão à beira-mar, para aproveitar o dia ao máximo.

- Tia Jessica, ontem o Luigi contou-me uma história muito triste.

A tia parou de empurrar o carrinho e virou-se para Janie. Depois, enquanto continuavam a andar pela beira-mar, Janie contou-lhe sobre Eloise, o soldado e tudo o que Luigi tinha partilhado com ela.

- Não fazia ideia. Não admira que esteja com problemas. Sentir-se de parte no meio de uma reunião de família quando a própria vida familiar está em farrapos realmente dá cabo da cabeça de qualquer um. Tenho muita pena que ele tenha tido que lidar com tanta tristeza e que não tenha sido capaz de falar comigo. Mas, tenho de admitir, nunca fui muito boa com essas coisas.

- Provavelmente é mais fácil comigo porque ele não me conhece.

- Tu não julgas, isso deixa as pessoas à-vontade.

- Tu também não julgas.

- Vive e deixa viver, é o meu lema.

Jessica manteve-se calada por uns instantes e, depois, disse:

- Parece horrível ir às compras sabendo o que ele tem estado a passar. Ainda por cima o amigo do pai morre e a polícia começa a tratá-lo como um suspeito. Deve estar a sentir como se estivesse num pesadelo do qual não é capaz de acordar. Tu não achas que ele fez alguma coisa errada, pois não?

- Mantenho a mente aberta. Eu não acho que ele seja um assassino, se é isso que estás a pensar.

- Meu Deus, que coisa terrível! Nunca deveria ter concordado com a proposta dele em vir comigo a Inglaterra. Não sei o que estava a pensar. Na verdade, não estava a pensar. Habituei-me a deixar-me levar para onde quer que a vida me levasse.

Uns minutos mais tarde chegaram à loja da Oxfam, que se aninhava entre a loja de discos e a frutaria, a meio da avenida London Road.

- Deixar-se levar é bom, mas, por agora, vamos aproveitar o dia de compras. Haverá tempo suficiente para ajudar o Luigi, mas, primeiro, ele precisa de reconhecer que precisa de ajuda - disse Janie enquanto ajudava Jessica a fazer o carrinho de bebé passar pela porta. - Isso pode ser tão problemático quanto esta porta.

Jessica levou o seu tempo, vagueando pela secção de roupas, deslizando as cruzetas pelas calhas metálicas e selecionando alguns itens para os ver mais de perto. Pegou num mini-vestido preto e branco aos quadrados, ao estilo dos anos sessenta, encostando-o à sua frente. O seu vestido de algodão indiano ficou a aparecer por baixo da bainha. Afastou o cabelo para trás e fez uma pose.

- Fazes-me lembrar aquelas bonecas de papel com as quais eu costumava brincar quando era criança - comentou Janie. - Lembras-te? Cortava as roupas e depois dobrava as patilhas de papel e encaixava-as nas bonecas.

- Oh, claro que me lembro! Estavas sempre a desfilá-las à minha frente. Uma das tuas deixas preferidas era: *Olha, Tia, a minha boneca vai andar de cavalo!* E também me lembro quando vestiste uma boneca de noiva, com um bonito vestido comprido branco e sapatos vermelho-brilhante. *Não é linda, Tia?* Não tive coragem de te falar sobre os sapatos.

- E fazia mal uma noiva levar sapatos vermelhos, de qualquer das formas? - riu-se Janie.

Jessica passou para o cabide seguinte e tirou um vestido pelos tornozelos, de anarruga e com a parte de trás em tons de laranja queimada, que condizia perfeitamente com os tons ruivos do seu cabelo.

- Perfeito - disse Janie.

- Faz-me lembrar Siena. Tenho de te levar lá um dia. É a cidade mais bonita que visitei.

- Mais bonita que Roma?

- Tem a ver com a luz. Não é de admirar que os artistas a adorem.

- Devias ter sido artista. Consigo imaginar-te com uma bata e uma mancha de tinta na cara. - Janie encostou a mão ao rosto da tia. - É ótimo ter-te aqui, tive saudades tuas.

- Não tiveste tempo para sentires saudades minhas. Sabes que quando entrei pela primeira vez na casa do teu pai e te vi ali de pé... tem piada dizer isto agora... sustive a respiração. Eras confiante, estilosa e linda.

- Linda, dúvido... Por isso é que apanho o cabelo com lenços e bandoletes, para apimentar um pouco o meu cabelo baço.

- Não há nada baço em ti. Esposa, mãe, bibliotecária, detetive amadora de sucesso... Não deixas que nada te detenha e eu tenho orgulho em ti. O teu pai também.

- Achas que ele está bem?

- O teu pai? Claro que sim, mais do que bem.

- Mas ele não tem muitas aventuras...

- Viver através de outra pessoa pode ser divertido. Ele diverte-se com as tuas travessuras.

- E quanto ao amor? Talvez ele sinta falta da minha mãe. Ou talvez queira substituí-la?...

- O teu pai está bem. Tivemos boas conversas desde que voltei. Ele adora ser avô. Ter a Michelle a andar por aí é como ter uma miniatura de ti. E sabes o fisioterapeuta brilhante que ele é. Em todo o caso, nem sempre precisas de outras pessoas para te sentires completo. Às vezes os momentos mais preciosos são quando podes fechar a porta ao mundo e ouvir música ou apenas sonhar sem ser incomodada. Ele também tem o Charlie, lembra-te disso.

- Obrigada, Tia Jessica.

- Não precisas de me agradecer. Vou estar sempre aqui para ti e para o teu pai. Mesmo quando estou em viagem, fico apenas a umas horas de distância.

Jessica trocou alguns xelins por dois cafetãs e o vestido laranja que tinha experimentado e, depois, saíram da loja da Oxfam e dirigiram-se para o Jefferson. Janie prometera pagar os cafés se Jessica partilhasse algumas das histórias mais sumarentas das suas viagens aventureiras.

- Vá lá, fala-me sobre a tua vida amorosa. Aposto que o Luigi não foi o teu primeira namorado.

Jessica parou de empurrar o carrinho de bebé e virou-se para a sobrinha.

- O Luigi é *apenas* um amigo.

Depois de entrarem no café, Janie foi fazer os pedidos ao Richie antes de se juntar a Jessica numa mesa com espaço suficiente para o carrinho de bebé. Jessica puxou de outra cadeira para os sacos das compras.

- Ok, quem mais é que conquistaste? Uns quantos deuses gregos e casanovas espanhóis? - disse Janie, puxando as palas do carrinho de bebé.

O café estava cheio de fumo, com o cheiro a cigarros misturando-se com o cheiro a bacon frito. Richie aproximou-se da mesa com duas canecas de café, que colocou em cima da mesa antes de esticar a mão para Jessica.

- E você é...?

- A Tia Jessica da Janie - respondeu ela apertando-lhe a mãe e sorriu quando ele a olhou nos olhos um pouco mais do que o necessário.

- Ah, sim, a aventureira elusiva. Agora, tudo faz sentido.

Jessica ergueu uma sobrancelha e inclinou a cabeça para o lado à espera que ele desenvolvesse.

- A sua sobrinha está sempre a mostrar postais e a contar-nos sobre as suas viagens a países longínquos, fazendo inveja a todos enquanto temos de lidar com mais um dia cinzento em Tamarisk Bay.

- O Richie tem aturado as minhas lamúrias desde o Natal.

Janie abanava o carrinho de bebé para acalmar os resmungos da filha.

- É bom saber que sentem saudades nossas - declarou Jessica.

- Pelo meu lado, espero que fique por cá algum tempo.

Richie virou-se de lado ao ouvir o tinir da porta, indicando a entrada de mais um cliente.

- Quem sabe? Não sou muito boa a fazer planos - respondeu Jessica, mas Richie já se dirigia para o balcão para receber o pedido do recém-chegado.

Os resmungos de Michelle estavam a aumentar de tom, o que levou Janie a olhar para o carrinho de bebé.

- Ela tem fome?

- Não devia, pelo menos não, por enquanto. Deve querer colo. Anda cá, menina bonita.

Janie tirou a filha de dentro do carrinho de bebé.

- Estamos a ter uma conversa de mulheres e tu queres participar também, não é?

Michelle respondeu substituindo os resmungos por gargarejos, que podiam facilmente passar por uma conversa ininteligível.

- Ah, estás a ver, já começou a conversar. Vamos lá, então. Namorados? Conta-nos tudo.

- Houve alguns, mas nada de sério. Exceto o Andreas. Pensou erradamente que eu fosse do género de me casar.

- Pediram-te em casamento? Não ficaste tentada?

- Oh, não me interpretes mal. Viver numa aldeia grega, a acenar-lhe todas as manhãs enquanto ele partiria no seu barco para a pesca, ter uma cabra para ordenhar no pátio da frente e um burro na parte de trás... apanhar mãos-cheias de orégão e limões das nossas próprias árvores... Sim, por momentos, mas teria de desistir de demasiadas coisas.

- Como, por exemplo?

- Se tivesse dito que sim, nunca teria ido a Itália. Assim que pões o pé na estrada, é extremamente difícil voltares atrás e explorares a outra opção.

- Achas que eu devia ter esperado para ver que outra alternativa teria para a minha vida?

Jessica sorriu, pousando a mão em Michelle, que estava a começar a adormecer nos braços de Janie.

- Quê, e perderes este anjinho? Nem por sombras.

- E o Luigi?

- Os italianos são como crianças. As mães mantêm-nos assim.

- Então, ele estava à procura de alguém que servisse de mãe dele e tu caíste na conversa?

- Eu não caí em conversa nenhuma. Tal como estou sempre a dizer, somos apenas amigos. Na verdade, conhecidos seria uma descrição melhor, tendo em conta que não sei nada sobre ele.

- Deve ter tido as suas razões para não te contar sobre a mãe dele. Talvez fosse ainda demasiado cedo para falar sobre isso quando se conheceram. E, depois, mais tarde... bem, talvez não soubesse como ter essa conversa.

- Só me disse que a mãe era inglesa e eu pensei que era por isso que nos tínhamos dado bem. Descobriu que eu era da costa sul e, como sempre quisera vir ver como seria, lá está, fazia sentido para ele vir comigo para visitar a localidade. Sinceramente, nunca pensei que houvesse nada de sinistro nisso.

- E agora, que sabes a verdade?

Janie observou a expressão da tia e pensou que se calhar tinha dito demais.

- Achas que se está a aproveitar de mim? Por causa de algum motivo estranho e oculto?

- Porque é que não veio a Inglaterra por si mesmo anos atrás? Ele não é uma criança.

Jessica suspirou sonoramente.

- Vamos mudar de assunto, sim? Eu não sei nada.

- Adoras causas perdidas, não é?

- Achas?

- Suspendeste a tua vida para ajudar o meu pai a criar-me. Depois, acabaste por tomar conta de crianças de outras pessoas, de outras famílias. Alguma vez quiseste ter a tua própria família?

- A tua vida seguiu um padrão tradicional: apaixonar-se, casar-se, ter um filho. Maravilha. Funciona para ti. Eu tive uma vida diferente, mas para mim é perfeito. Tive a liberdade para viajar, fazer amigos, e, depois, deixá-los para trás para criar espaço para novos amigos, novas experiências. Adoro a minha vida tal como ela é.

Jessica parou de falar para respirar fundo e Janie levantou-se, caminhou até ao outro lado da mesa e abraçou a tia.

- Dá-me um abraço. Estou contente por estares feliz e por teres encontrado uma forma de vida que se adequa a ti. Só me preocupo que possa haver pessoas que se aproveitem de ti, há muita gente sem escrúpulos por aí.

- E achas que o Luigi é uma dessas pessoas?

- Não sei, abstenho-me de comentar por agora.

- Vai buscar mais café e depois sou eu quem vai fazer as perguntas.

Janie deitou a filha no carrinho de bebé e ficou em silêncio.

- Tens saudades da biblioteca?

Jessica olhou fixamente para Janie.

- Tenho saudades das pessoas e das conversas. Porém, eu e a Michelle passamos por lá uma vez por semana para a Phyllis nos pôr a par de toda a coscuvilhice. Bem, não é propriamente coscuvilhice. Acho que a Phyllis não o iria aprovar.

- Phyllis Frobisher. Aí está um nome que não surgia na minha cabeça há anos.

- Ela também foi a tua professora de inglês, não foi?

- A Phyllis deve ter ensinado inglês a toda a gente em Tamarisk Bay. Deve ter estado naquela escola durante quarenta anos ou mais. Deve ser por isso que aprendeu a não coscuvilhar. Quando se conhece famílias tão bem como ela as conhece forçosamente fica-se a saber alguns segredos.

   - Podemos passar por casa dela quando sairmos daqui, se quiseres.

   - Parece-me um bom plano. Sim, adorava vê-la novamente.

CAPÍTULO 16

TERÇA-FEIRA DE MANHÃ - LAVENDER COTTAGE

A BIBLIOTECA ITINERANTE FAZIA as suas rondas às segundas, quartas e sextas. Janie tivera de passar a gestão por alguns meses e Phyllis voltara à função que tinha tido depois de se ter reformado como professora da escola local. Nos outros dias da semana, Phyllis ficava em casa a fazer bolos ou a jardinar, ou às vezes recostada a ler um livro.

Lavender Cottage, a casa da alfazema, aninhava-se numa rua estreita no coração da Cidade Velha de Tidehaven. Quando lá chegaram, Jessica e Janie encontraram Phyllis no jardim da frente a amarrar as clematis em crescimento a um fio que se encontrava inteligentemente entrelaçado por entre os pregos pregados no muro, formando uma treliça.

- Jessica Chandler. Aí está uma surpresa agradável. Entrem! Janie, sê uma querida e põe a chaleira ao lume enquanto eu dou colo à minha afilhada.

Janie colocou Michelle nos braços de Phyllis e, por instantes, as três mulheres ficaram a contemplar o rosto da bebé até que Janie disse:

- Michelle Juke, só nos fazes perder tempo! Sabem, eu e o Greg estamos sempre a olhar para ela, numa competição para ver quem a irá ver sorrir primeiro.

- Não lhes prestes atenção, Michelle, - ripostou Phyllis - fá-los esperar.

Com um bule de chá pronto e uma lata de bolachas pousada no repousa-pés, à mão para quem se quisesse servir, Phyllis inquiriu Jessica sobre as suas viagens.

- E, no fim, estavas relutante em partir?

Jessica hesitou antes de responder, lançando um olhar interrogativo a Phyllis.

- Vinhas pelo Natal. Janie brindou-me com os planos detalhados de refeições e presentes a serem comprados.

- Eu sei e sinto-me culpada por causa disso, mas os meus planos alteraram-se.

- Portanto, as refeições natalícias transformaram-se em festins de Páscoa?

- Algo desse género - respondeu Janie.

Phyllis ficou calada, olhando ora para uma ora para a outra.

- Aconteceu alguma coisa?

- Com a tua intuição, devias ter sido polícia e não professora - retorquiu Janie.

- Oh, não te preocupes que a minha intuição foi bem aplicada a detetar todo o tipo de crimes.

- Esconder rebuçados debaixo das mesas, copiar os trabalhos de casa dos outros?.... - perguntou Jessica.

- Lembro-me de tu seres culpada de ambos em várias ocasiões. - Phyllis sorriu. - Então, o que é que não me estão a dizer?

- Uma pessoa morreu na casa de hóspedes da Rosetta - informou Janie.

- Oh, coitada da mulher!... Toda aquela preocupação com o Sr. Furness e agora isto. Quem morreu?

- A Rosetta convidou-nos para ir lá jantar na Sexta-feira Santa e foi nessa altura que isso aconteceu.

- Não foi intoxicação alimentar, espero... Ela nunca se perdoaria se o seu famoso esparguete com almôndegas acabasse com alguém...

Jessica sorriu.

- Não, o pobre do homem não teve oportunidade de comer nada. Estávamos à espera dele para começarmos a jantar e, como ele não aparecia, a Rosetta foi ao quarto chamá-lo.

- Ataque cardíaco?

- Achamos que deve ter sido.

Janie encheu todas as chávenas com chá e acrescentou leite, entornando umas gotas no tabuleiro.

- A polícia apareceu e interrogou-nos a todos.

- O perseguido passou a perseguidor? - disse Phyllis de forma incisiva.

Janie e Jessica lançaram-lhe um olhar interrogativo.

- O investigador tornou-se no investigado.

Enquanto bebiam o chá e faziam muitas incursões à lata das bolachas, Janie contou a Phyllis um pouco da conversa que tivera com Luigi. Phyllis ouvia e acenava com a cabeça de vez em quando. Às tantas, sugeriu que fossem para o jardim das traseiras.

- Tenho vasos novos, venham ver e dar a vossa opinião. Talvez vos peça ajuda para os pôr noutro sítio. Não envelheças, Jessica, é muito limitativo.

- Se tiver metade da forma que tu tens quando for da tua idade, serei uma pessoa muito feliz - retorquiu Jessica, tirando Michelle do carrinho de bebé.

- Não vais pôr um chapéu na cabecinha dela? - perguntou Phyllis. - Podemos estar em Abril, mas continua frio.

- Gosto que as pessoas vejam os caracóis dela - respondeu Janie, mexendo no cabelo de Michelle. - A mãe do Greg tem tricotado sem parar, mas, para ser sincera, ela já tem mais chapéus que os dias da semana. A Nell está sempre a dar-nos novos enxovais, casaquinhos, luvas... Chega uma altura em que a minha filha tem um guarda-roupa maior do que o meu.

- É melhor habituares-te. Quando ela for adolescente, vai pedir as tuas roupas emprestadas. Ou talvez sejas tu a pedir as dela - disse Phyllis, rindo entre dentes. - Então, Jessica, encontraste algum sítio que se compare a Tamarisk Bay?

- Todos os sítios se comparam a Tamarisk Bay, alguns de forma positiva, outros não.

- E tens os teus preferidos?

Jessica mexeu o chá e desviou o olhar de Phyllis, como que a percorrer as imagens na sua mente.

- Por razões diferentes. A Espanha foi alucinante, com dança, música e *fiestas*, que iam pela noite dentro, quase todos os dias. Os gregos vivem uma vida maravilhosamente simples, orientada para a família. Vivem do que a terra lhes dá e das dádivas do mar.

- Não estiveste numa comuna a certa altura? Falaste disso num dos teus postais - quis saber Janie.

- Não era realmente uma comuna, apenas um grupinho de gente a ajudar-se e a divertir-se.

- Admite, eras uma miúda típica dos anos sessenta - comentou Janie a sorrir.

- Ah, uma miúda não propriamente. Eu comecei tarde. Algumas pessoas do meu grupo mal tinham saído da adolescência. Com trinta anos eu era a veterana, mas isso não me impediu de me divertir.

- Parece idílico - retorquiu Phyllis. - Conheceste muitos sítios em Itália? Tive a oportunidade de lá ir no início dos anos cinquenta. Estavam com dificuldades em recuperar da guerra, tal como nós. Porém, continuavam a ter amor à vida. Isso foi o que mais me impressionou. Aqueles festins deles, com toda a gente sentada à volta de uma enorme mesa de madeira, a partilhar comida e a rir sem parar... Aquelas refeições duravam horas. Fico bastante nostálgica, agora que penso nisso.

- Percebo o que queres dizer. Os italianos adoram conversar, por isso, onde quer que vás, ao banco, ao posto dos correios, ao talho, aprendes a esperar pacientemente enquanto ouves conversas entusiásticas sobre tudo, desde o jantar do dia anterior até ao casamento que se avizinha.

- Não sobre o tempo? - interrompeu Janie. - Esse é o nosso tópico preferido de conversa.

- Eles não precisam de falar do tempo. O sol brilha quase todos os dias. Os dias aquecem com a chegada da primavera no início de março e só no fim de outubro é que começa a fazer o frio suficiente para se vestir um casaco. Os italianos sentem logo quando a temperatura baixa um bocadinho. É bastante engraçado vê-los enrolados nas suas camisolas de lã em abril. E, depois, há a chuva, com grandes aguaceiros tempestuosos que aparecem do nada, e as tempestades elétricas. Às vezes estava na varanda do meu quarto e via o céu a iluminar-se todo. Quase que se podia cheirar quando vinha aí. O ar zumbia e o vento abrandava. Não chovia, apenas havia explosões de luz em grandes extensões brancas ao longo do céu. Era como estar na fila da frente do teatro a assistir à apresentação do "Rigoletto" de Verdi mesmo à nossa frente. Depois, os relâmpagos acabavam e começava a chover torrencialmente durante mais ou menos meia hora. No fim, ficava um cheiro a ar fresco e renovado. Era mágico.

- Tinhas uma varanda no quarto?

Na mente de Janie surgiu uma imagem de uma grandiosa *villa* que apenas tinha visto nas revistas.

- Trabalhei para uma família. O *Signor* Dutti era banqueiro.

- Um banqueiro rico, suponho?... - perguntou Phyllis.

- Quase todos os banqueiros italianos são ricos - respondeu Jessica, num sorriso aberto.

- Gostaste do tempo que passaste com a família?

Phyllis baixou-se para arrancar alguns amores-perfeitos murchos.

- Adorei. A *Signora* Dutti era muito simpática, desde que mantivesse as crianças asseadas e entretidas. Depois, fiz amizade com o Luigi e descobri que o pai dele e os Duttis se conheciam. Oh, não sei. Para ser sincera, sou apenas uma pessoa simples que gosta de uma vida simples. Não fazia ideia que tornar-me amiga do Luigi ia trazer tantas complicações.

Phyllis colocou a mão sobre o braço de Jessica.

- Parece que o teu amigo tem um passado complicado... Posso fazer uma sugestão? - disse Phyllis, apalpando os novos rebentos de uma madressilva que se estendia pela pérgola.

- Todas as sugestões são bem-vindas - respondeu Janie, sorrindo.

- Disseste que o Luigi telefonou ao pai - continuou Phyllis. - Quando ele chegar, talvez possa clarificar algumas questões. Pode saber porque é que esse Bertie Williams veio a Tamarisk Bay.

Janie murmurou qualquer coisa entredentes.

- O que disseste, querida?

Janie não queria pensar na camisa ensaguentada e na permanente sensação de que Luigi ainda não lhe dissera toda a verdade. Talvez a Phyllis tivesse razão, quando o Sr. Denaro mais velho chegasse, talvez as coisas se tornassem mais claras.

- Uma coisa é certa, - adiantou Jessica - se não fizermos nada rapidamente, tenho a horrível sensação de que o Luigi será interrogado outra vez. O DS Bright tem a pulga atrás da orelha em relação a alguma coisa. Deve ter encontrado provas e concluído que elas indiciam que foi cometido um crime e o Luigi é o suspeito principal.

CAPÍTULO 17

TERÇA-FEIRA DE MANHÃ – ESTAÇÃO FERROVIÁRIA DE TIDEHAVEN

TINHA SIDO UM FIM de semana movimentado para Robbie Golding. Muitos turistas de um dia vinham a Tamarisk Bay de autocarro, mas muitos mais preferiam o comboio. Por isso, a praça de táxis da estação era um bom sítio para conseguir passageiros. Era o quarto ano que Robbie conduzia o táxi e ele gostava de apostar consigo mesmo que conseguia adivinhar quem iria precisar de uma viagem de táxi. Pessoas que chegavam com bagagem era óbvio, mas muitas vezes tinham familiares ou amigos à espera. As pessoas mais velhas com bengalas eram os seus preferidos, pois estavam sempre dispostas a falar com ele sobre tudo e mais alguma coisa. Depois, havia os clientes habituais cujo alojamento preferido era o Dolphin, que tinha ganho uma grande reputação quando os Londrinos espalharam a ideia de que eles vendiam o melhor peixe com batatas fritas das redondezas.

As férias escolares ainda duravam, mas a terça-feira a seguir ao feriado costumava ser mais calma, o que lhe dava a oportunidade de acabar as palavras cruzadas. Estava ele a meio quando o comboio das dez e cinco vindo de Charing Cross deu entrada. Pousou a caneta e viu a multidão de passageiros a sair da estação. A última pessoa a emergir do átrio da estação foi um senhor alto de meia idade, vestindo um sobretudo e um chapéu Trilby, com uma mala de viagem de pele numa mão e uma pequena e estreita pasta de documentos na outra.

- Precisa de um táxi, senhor? - Robbie sorriu para o passageiro, que tinha um ar desorientado. - Veio de férias, foi?

O passageiro manteve-se em silêncio, virando-se para pousar a mala no chão.

- Estamos à procura de um hotel? - perguntou Robbie.

- *Si*, um hotel, *grazie* - disse o homem.

- Ah, não falar a língua, ei? No problemo. Vamos pegar na mala e pormo-nos a caminho do Royal. É isso, lá para dentro!

Robbie fez um gesto para que o homem entrasse na parte de trás do táxi enquanto punha a mala no porta-bagagem. Dez minutos mais tarde, estacionou em frente ao Hotel Royal Elizabeth.

- Aqui estamos nós, senhor - disse ele, saindo do táxi e abrindo a porta ao seu cliente.

- Quanto? - perguntou o italiano e a sua pronúncia carregada fez Robbie franzir o sobrolho, mas o sobrolho deixou de se franzir quando o cliente lhe passou uma nota para as mãos e lhe acenou indicando que ficasse com o troco. - O seu cartão, por favor, no caso de precisar de si novamente.

- Ah, sim, claro.

Robbie deu-lhe um cartãozinho preto e branco, satisfeito por se ter lembrado de ter mantido alguns no táxi. Raramente lhe pediam um, pois a maioria dos moradores locais sabia os números das praças de táxi de cor.

Uma hora mais tarde, Robbie voltou a estacionar em frente ao hotel. Não ia perder um cliente com gorjetas tão generosas. Se tivesse de fazer um turno duplo, então fazia.

- Para onde desta vez, senhor? - perguntou ele.

O cliente sacudiu-lhe um papel à frente com uma morada escrita à mão.

- Sem problemas, fica apenas a dois minutos daqui. Talvez queira ir a pé na próxima vez. O caminho é bastante direto.

Robbie ligou o rádio e começou a cantarolar a música dos Simon & Garfunkel que estava a passar. Se o seu cliente não queria falar, teria de ouvir a música de Robbie, gostasse ou não. Quando parou em frente à casa dos Chandlers, reparou no aviso na porta.

- Ah, parece que o Sr. Chandler está fechado durante as férias da Páscoa. Estava à espera de ter uma consulta? Temos sorte de o termos aqui em Tamarisk Bay. Não me surpreende que a reputação dele se tenha espalhado. Eu disse à minha Vi no outro dia: *Vi, temos sorte em ter o Sr. Chandler.*

Robbie parou de contar a sua história quando ouviu bater na janela do lado do condutor. O italiano segurava uma nota e queria pagar-lhe.

- Oh, não, senhor, não é assim tanto. Tal como disse, é uma viagem curta. Espere, vou buscar o troco.

Pegou na nota e virou-se para ir buscar a bolsa do dinheiro ao porta-luvas. Quando olhou para cima novamente, o seu cliente já se estava a dirigir à porta da frente do consultório de fisioterapia para ir tocar à campainha.

- Vou-me embora, então - murmurou Robbie para si próprio.

Quando Philip Chandler abriu a porta, ouviu o táxi a partir.

- Posso ajudá-lo? – perguntou ele, segurando Charlie pela trela para evitar que ele fosse cheirar a pessoa que se encontrava em frente à porta.

- Estou à procura do meu filho, Luigi Denaro. Sou Alberto Denaro. Ele deu-me esta morada.

O italiano falava devagar, tropeçando em cada palavra. O seu inglês era bom, mas precisava de algum tempo para o falar prontamente. Durante as primeiras horas em Inglaterra era como se tivesse de ensaiar cada frase na sua cabeça antes de a dizer em voz alta.

- *Signor* Denaro, entre, por favor. Desculpe, não sabia que vinha. O Luigi sabe que está aqui?

O italiano seguiu atrás de Philip pelo corredor até à sala de estar.

- Por favor, sente-se. Quer beber alguma coisa? Café, chá?

Alberto observou Philip enquanto este andava por entre as várias peças de mobiliário espalhadas pela sala. A única indicação da sua cegueira era o cão que seguia sempre junto dele.

- Não, obrigado. O meu filho está aqui?

- Não, ele está instalado numa casa de hóspedes aqui perto. Posso telefonar-lhe a avisar que está aqui. Tenho a certeza de que ficará muito contente.

- Não, não ficará.

Alberto sentou-se num dos lados da lareira e viu Philip sentar-se à sua frente. O cão deitou-se e colocou a cabeça sobre os seus pés.

- Ficaria grato se pudesse telefonar.

Philip levantou-se, indicando a Charlie que iam para o vestíbulo. Aproximou-se da mesa do vestíbulo e marcou o número da Casa de Hóspedes da Sr.ª Summer. Rosetta atendeu ao primeiro toque.

- Não vi o Luigi esta manhã, mas vou deixar um recado no quarto dele - disse-lhe ela.

Ao regressar à sala de estar, Philip informou:

- Parece que vamos ter de esperar algum tempo até o Luigi chegar. Tem a certeza de que não quer beber nada? E se fôssemos para a cozinha? Podíamos conversar enquanto esperamos que a água para o chá ferva.

Talvez fosse a barreira linguística, ou uma barreira de outro tipo, que impedia que a conversa fluísse entre os dois homens. Fosse qual fosse a razão, Philip ficou aliviado quando a campainha tocou anunciando a chegada de Luigi. Convidou-o para entrar e o seguir até à cozinha.

Como não podia ver, Philip aprendera a usar a audição de forma eficiente. Era relativamente fácil saber quando alguém estava de pé enquanto falava, mas, naquela ocasião, foi o silêncio entre pai e filho que lhe disse muito mais.

- E se fossem os dois para a sala de estar? Ficariam mais à-vontade para conversarem. Tenho umas coisas para arrumar na minha sala de tratamentos, por isso, se me dão licença...

Era impossível saber se tinham ficado agradecidos pela sua saída, pois nenhum deles respondeu. Charlie seguiu atrás de Philip até à clínica, onde, na verdade, não tinha nada para arrumar. Porém, ficou aliviado por se afastar da tensão que existia entre os dois italianos.

- O teu amigo morre e tu apareces. É pena não teres mostrado o mesmo nível de interesse pela tua própria mulher.

Luigi atirou as palavras, evitando olhar para o pai.

- Não sei o que queres que te diga.

- Estragaste a vida da minha mãe e agora estás a estragar a minha. Se não tivesses mandado o Bertie atrás de mim, ele não estaria morto e eu não seria suspeito.

- Porque é que tu és suspeito?

- A polícia acha que fiz alguma coisa. Já me interrogaram duas vezes e ficaram com o meu passaporte. Têm medo que fuja.

Luigi fulminou o pai os olhos e respirou fundo antes de continuar.

- Pensaste que tinha tirado alguma coisa do teu escritório, algo que te podia pôr em sarilhos, por isso, disseste ao Bertie para me seguir e recuperar isso. Nem sequer consegues fazer o teu trabalho sujo.

- Luigi, não estás a ver bem as coisas.

- Sabias que tinha sido eu, na noite em que a mamã morreu. Pensaste que ia revelar os teus segredos obscuros.

- Não tenho segredos obscuros como estás a insinuar. Sim, sabia que tinhas ido ao meu escritório, só podias ter sido tu, mas eu não tenho nada a esconder. Seja o que for que tenhas encontrado, não é importante.

Luigi apertou tanto os punhos que os nós dos dedos ficaram brancos.

- Distorces tudo de forma a te ser favorável, sempre o fizeste.

- Odeias-me assim tanto?

Alberto aproximou-se da lareira e pegou num ornamento que estava na cornija. Era um globo de neve, onde se via uma cena de inverno e nevava quando era agitado.

- Ela matou-se por causa do que fizeste. Se te odeio? Sim, odeio-te! - gritou Luigi para as costas do pai.

- Eu amava a tua mãe. Lamento que não tenha conseguido fazê-la feliz.

Alberto falou como se estivesse a falar consigo mesmo, a debater com as suas memórias. Por instantes, os dois homens ficaram em silêncio, absortos nos seus próprios pensamentos.

- Foste tu quem a encontrou - continuou Alberto. - Essa imagem deve perseguir-te.

Virou-se de frente para o filho, mas Luigi fez questão de evitar o olhar dele.

- Estava convencido de que tinhas um caso, por isso é que fui ao teu escritório.

A voz de Luigi estava carregada de desprezo e fúria.

- Não havia caso nenhum. Eu e a tua mãe passámos bons momentos quando nos casámos.

- E, depois? Estraguei tudo quando nasci? Agora sou eu o culpado pela sua infelicidade? Pelo fracasso do vosso casamento?

Luigi bateu com o punho no braço do sofá com tanta força que este tremeu.

- Não, *figlio mio*, tu não tens culpa nenhuma. A morte da tua mãe não é culpa tua e a morte do Bertie também não é culpa tua.

Alberto calou-se, aguardando que as palavras fizessem efeito.

- Sei que não o mataste, sei que o meu filho não é um assassino.

- Não mandaste o Bertie aqui para Inglaterra?

Luigi olhou nos olhos do pai pela primeira vez desde que a conversa começara. Alberto sentou-se e esticou a mão por cima da mesa em direção à do seu filho.

- Não - respondeu e a sua expressão confirmava a resposta.

- Então, porque é que ele veio? Como é que sabia que eu estava aqui em Tamarisk Bay?

- Eu realmente não sei. Deve ter tido as suas razões para ter vindo aqui. Vamos dar uma volta para falar mais um pouco. O Sr. Chandler já nos acolheu por tempo suficiente.

- Não tenho nada para te dizer.

Philip descontraía com o rádio ligado na sua estação de música clássica preferida. O volume estava baixo, por isso, quando a porta bateu, assustou-se e o Charlie começou a ladrar.

- Chui, Charlie. Anda, vamos ver o que se está a passar, sim?

Ao regressar à sala de estar, Philip ouviu os passos de alguém a andar de um lado para o outro em cima da carpete.

- Está tudo bem? Ouvi a porta a bater e pensei que tivesse outra visita.

Sorriu, esperando que o tom da sua voz fosse o mais ligeiro possível. Foi o *Signor* Denaro mais velho quem respondeu.

- O meu filho foi-se embora. Lamento ter-lhe causado incómodo.

- Suponho que o Luigi tenha voltado para a casa de hóspedes...

- Sim, *Signor* Chandler. O meu filho está muito zangado comigo.

Estava de pé junto à lareira a olhar para as fotografias alinhadas na cornija. Uma das fotografias era de Greg e Janie no dia do casamento. Pegou nessa moldura, passou a mão por cima distraidamente e, depois, voltou a colocá-la cuidadosamente no mesmo sítio.

- Zangado por estar aqui em Inglaterra?

- Inglaterra, Itália, é igual.

A sua voz tinha um desânimo que Philip poderia ter visto espelhado no rosto, se conseguisse.

- Posso falar com ele, se achar que isso pode ajudar.

Apenas Charlie viu Alberto a dirigir-se para a porta.

- Obrigado mais uma vez pela sua hospitalidade. Tenho de ir.

- Tem onde ficar?

- Estou no Hotel Royal Elizabeth. Tenho de tratar de uns assuntos relativos a um sócio. Ficarei lá por uns dias. Foi um prazer conhecê-lo, *Signor* Chandler. *Arrivederci.*

CAPÍTULO 18

Terça-feira à tarde - Casa dos Chandlers

Mais tarde, Jessica e Janie saíram da casa de Phyllis e regressaram a casa de Philip.

- A Michelle tem saudades do avô - disse Janie, colocando a filha nos braços de Philip. - Fui mostrar o Jefferson à Jessica e parece que ela fez furor com o Richie - acrescentou Janie a sorrir abertamente. - Depois, fomos visitar a Phyllis.

- Como é que ela está? - perguntou Philip, balançando um pouco a bebé e sendo recompensado com um gorgolejo.

- Está fantástica, pois está - respondeu Jessica. - Passaram dez anos e ela mal envelheceu. A mulher é uma inspiração. E como foi o teu dia?

- Tem sido interessante.

- O que é que perdemos?

Janie abriu o frigorífico e tirou as sobras do jantar da noite anterior.

- O pai do Luigi está cá. Está instalado no Royal Elizabeth.

- Chegou rápido, então. Conseguiste ouvir a conversa?

Philip abanou a cabeça.

- Discutiram e o Luigi saiu de repente. Não deve ter sido fácil para o Sr. Denaro.

- Também ficava bastante zangada se o meu pai fizesse a minha mãe tão infeliz que ela acabasse por se matar.

- Todas as histórias têm dois lados - lembrou Jessica. - Gostava de conhecer esse *Signor* Denaro para ver se conseguia desvendar alguns dos mistérios que rodeiam a família Denaro.

- Não sei se nos devíamos meter nesse assunto.

Philip embalava Michelle, pois ela começara a chorar.

- Já estamos envolvidos nesse assunto, pai. A Tia Jessica tem razão. Vamos comer rapiadamente uma sandes e, depois, vamos até ao hotel apresentarmo-nos e oferecer-lhe uma visita guiada a Tamarisk Bay. Não faz mal sermos simpáticos, pois não?

Não tendo conseguido os seus intentos no hotel, Jessica e Janie empurraram o carrinho de bebé até à Casa de Hóspedes da Sr.ª Summer. Rosetta confirmou que Luigi tinha entrado de rompante e tinha ido diretamente para o quarto dele.

- Não faz mal se subirmos? - perguntou Janie, tirando a filha de dentro do carrinho de bebé.

- Deixa a bebé comigo - disse Rosetta. - Vai servir de desculpa para me sentar um pouco a descansar.

Janie bateu levemente na porta do quarto e, ao não obter resposta, bateu novamente com mais força.

- Desapareça!

A voz de Luigi parecia abafada.

- Vamos entrar - disse Jessica.

Abriram a porta e encontraram Luigi deitado na cama com as costas viradas para elas. Jessica puxou de uma cadeira que estava num dos cantos do quarto e indicou com um gesto para Janie se sentar.

- O que se passa, Luigi? O Philip disse que o teu pai está cá. Fomos até ao hotel para o conhecer, mas ele tinha saído. Vocês os dois discutiram?

- Só fazemos isso, discutir.

Luigi girou as pernas para se sentar na cama. A cara estava molhada e o cabelo desgrenhado.

- Pediste-lhe para vir e ele veio - disse Janie. - Devias estar contente.

- Veio por causa do Bertie, não por minha causa.

Ficaram uns momentos em silêncio até que Janie disse:

- O Bertie tem família em Itália?

Luigi levantou-se, puxou a colcha para cima e alisou-a para ficar direita. Depois, voltou a sentar-se à beira da cama.

- Em Inglaterra? - perguntou Jessica.

- Acho que tem uma irmã, que vive no norte de Inglaterra, algures. Sei muito pouco sobre ele. Tal como disse, era sócio do meu pai.

Jessica estava junto à janela a olhar para o jardim das traseiras.

- Luigi, - Jessica aproximou-se dele, bloqueando a luz que vinha da janela e obrigando-o a olhar para ela - somos amigos, mas, seja o que for que fizeste, ao mentires só vai piorar as coisas.

- Dizes que somos amigos e, a seguir, chamas-me de mentiroso. - Saltou da cama e encostou o rosto ao de Jessica - Não sabes nada sobre mim. Não fiz nada de errado.

- Então, prova-o! - exclamou Janie, pondo-se ao lado de Jessica. - Diz-nos o que aconteceu na noite em que o Bertie morreu.

Ele afastou-se delas sem responder, deixando-as sem dizer mais nada. Então, o silêncio foi quebrado pelo choro de fome de Michelle. Pouco depois, Janie e Jessica voltaram à sala de estar onde Rosetta estava a cantar alguma coisa em italiano para Michelle, que parecia contente por a ouvir.

- O que é que ela está a dizer? - murmurou Janie enquanto se aproximavam.

- Talvez esteja a rezar. Parece o Ave Maria.

Rosetta calou-se quando elas chegaram perto e passou Michelle para o colo da mãe.

- Era uma canção de embalar que lhe estavas a cantar? - perguntou Janie.

- Era uma canção que a minha mãe costumava cantar para mim. Ela cantava lindamente. O meu pai também. Às vezes, depois do jantar, ele cantava algumas árias da "La Bohème" para nós. Mas eu pareço um sapo a cantar, não é, Michelle? A tua *Zia* Rosetta não canta, coaxa.

Michelle gorgolejou em resposta.

- Acho que ela não concorda contigo - comentou Janie a rir-se.

Depois de ter devolvido Michelle a Janie, Rosetta, com uma expressão dura no rosto, mexia os braços como se estivesse agradecida de já não ter a responsabilidade de a carregar ao colo.

- Tinha dois hóspedes, o Luigi e o Sr. Williams - disse ela, abanando a cabeça. - Agora, um está morto e o outro... bem, preferia que ele fosse para outro sítio.

A voz ficou estridente, alarmando Michelle, que desatou a chorar. Janie e Jessica trocaram olhares.

- Queres que ele saia daqui? - perguntou Janie.

- Sim, é melhor. Ele não está feliz. Eu não estou feliz. Queria ter a casa só para mim, percebem?

- Queres que eu lhe diga isso? - perguntou Janie.

- Sim, por favor. Lamento, mas queria ficar sozinha.

Janie e Jessica comentaram a conversa enquanto caminhavam de volta a casa de Philip.

- Para ser sincera, estou arrependida por ainda não ter pedido ao Luigi para se mudar - disse Janie. - Temos dúvidas em relação a ele e, mesmo assim, deixámo-lo com a Rosetta. Não é justo para ela.

- O que sugeres que façamos agora? Ele vai sentir-se como um pacote a ser transportado de um lado para o outro. Embora, na verdade, seja parcialmente culpado por esta situação, pois não tem sido honesto connosco.

- Se voltar para casa do meu pai, pelo menos tu estás lá para o manteres debaixo de olho. Não podemos esperar que fique no Royal Elizabeth, com o pai ao fundo do corredor. Em todo o caso, estive a pensar, - continuou Janie, na sequência de uma conversa interna que estava a ter com ela própria - agora que o fim de semana prolongado da Páscoa já terminou, a polícia já deve ter os resultados da autópsia.

- Duvido que a polícia partilhe essa informação contigo... Apenas vão informar os parentes mais próximos.

- Se não há parentes mais próximos, o que acontece? E se eu for com o *Signor* Denaro à esquadra da polícia?

Jessica inclinou-se sobre o carrinho de bebé.

- Michelle, a tua mãe é uma força da natureza. É melhor cresceres rapidamente para a manteres debaixo de olho.

- Só estou a tentar ser útil.

- Ah, nesse caso... Suponho que o Greg tenha desistido de manter as rédeas curtas no entusiasmo da sua mulher em relação a investigações amadoras?...

- Tal como disse, só estou a tentar ser útil - disse Janie, com um sorriso rasgado.

Depois de deixar Michelle com Jessica e Philip, Janie conseguiu encontrar Alberto Denaro quando este regressou ao hotel. Tinha caminhado ao longo da beira-mar a tentar descobrir qual a melhor forma de provar ao seu filho que estava no seu lado.

Assim que ele entrou no átrio do hotel, Janie reconheceu-o logo como sendo o pai do Luigi. Tinha os mesmos traços esculturais, a mesma testa alta e, apesar dos apontamentos grisalhos no cabelo, era fácil de perceber porque é que Eloise se apaixonara por ele há tantos anos.

Janie apresentou-se e apertou-lhe a mão.

- Pode ajudar-me? - perguntou ele e ela recuou no tempo para o momento em que Hugh Furness lhe perguntara a mesma coisa há uns meses, antes de Michelle nascer.

- Vamos à esquadra da polícia juntos - disse ela em forma de resposta.

Alberto Denaro decidiu que iria enfrentar a ida à polícia como uma reunião de negócios. A polícia tinha informações que precisava. O seu filho era suspeito, mas não havia crime. Se estivesse em Itália, faria dois telefonemas e o assunto ficaria resolvido. O passaporte de Luigi ser-lhe-ia devolvido e ficaria livre para se ir embora. Mais do que isso, haveria um pedido de desculpas.

Era isto que esperava quando entrou na sala de interrogatório e se sentou ao lado de Janie. O Detetive Sargento Bright sentou-se à frente deles, com o lápis a postos, um maço de cigarros de um lado do bloco de notas e um cinzeiro a transbordar no outro.

No entanto, quando Alberto e Janie saíram para a brilhante luz do sol meia hora mais tarde, nada tinha sido resolvido. Em vez disso, Alberto fora sujeito a uma avalanche de perguntas sobre a sua ligação com Bertie Williams e o envolvimento do seu filho nos seus negócios. Tinha havido um momento em que Alberto não conseguira conter o seu temperamento. O DS Bright perguntara-lhe sobre a pasta de documentos desaparecida de Luigi e Alberto ficara certo de que o detective insinuara que o seu filho tinha imaginado a existência da pasta de documentos.

- Está a chamar o meu filho de mentiroso! Não vou ficar aqui a ouvir mais nada! - explodira ele e subitamente a sua voz ecoou dentro da pequena sala de interrogatório. Apenas se conseguira controlar quando Janie pousara a mão sobre o seu ombro. No fim, Janie perguntara sobre o resultado da autópsia.

- O Sr. Denaro gostaria de saber qual a causa da morte do Sr. Williams. Eram amigos de longa data. Ele tem o direito de saber.

- O Sr. Denaro não tem quaisquer direitos nesta matéria. Nem a senhora, Sr.ª Juke. No entanto, posso dizer que a autópsia inicial foi inconclusiva. Pedi uma nova.

- Inconclusiva. O que é que isso significa?

- Exatamente isso. Presentemente, não podemos ter a certeza da causa da morte. Até termos mais informação, vou manter a mente aberta.

- Então, o meu filho continua a ser suspeito? - perguntara Alberto.

- O meu conselho é que recomende ao seu filho que nos diga toda a verdade sobre as suas andanças na noite de sexta-feira.

- Ele não fez nada de errado.

- Então, não tem nada a recear.

- Obrigada por ter vindo comigo.

Alberto estendeu a mão a Janie. Após um aperto de mão e um curto aceno de cabeça, virou costas e encaminhou-se para a beira-mar, de volta ao hotel. Durante os vinte minutos que a levou a chegar a casa do seu pai, Janie teve tempo para refletir sobre os acontecimentos ocorridos até então.

O DS Bright claramente tinha razões para suspeitar de Luigi. Suspeitaria dele apenas por mentir ou por algo mais grave? O sangue na camisa de Luigi continuava a preocupá-la. Os seus instintos diziam-lhe de que havia uma explicação simples, mas, se partilhasse a descoberta com a polícia, podia estar a criar ainda mais problemas para Luigi. Havia uma linha ténue a separar a proteção do amigo da tia e a ocultação de possíveis provas. *São provas apenas no caso de ter havido crime.* Ela precisava de esperar pelos resultados da segunda autópsia. A polícia só tomaria medidas, e só prenderia Luigi, no caso de saberem com certeza que Bertie Williams tinha sido assassinado.

CAPÍTULO 19

QUARTA-FEIRA - CASA DOS CHANDLERS

PHILIP RECOSTOU-SE NA SUA poltrona preferida e colocou os pés de forma a que Charlie pudesse pousar a cabeça. O programa de rádio *"Desert Island Discs"* estava no ar e, quando uma das suas músicas preferidas do Frank Sinatra começou a tocar, ele começou a bater a mão no braço da poltrona de acordo com o ritmo.

Não tinha consultas nesse dia, pois tinha decidido fechar o consultório por mais alguns dias após o fim de semana prolongado. Queria passar mais tempo com Jessica, que estava de volta, mas parecia ter trazido problemas com ela.

A infância deles tinha sido despreocupada. Lembrava-se de passar horas a chutar a bola, com a pequena Jess atrás dele a tentar acompanhá-lo. Tudo o que Philip experimentava, a sua irmãzinha tentava imitá-lo. No entanto, por causa dos cinco anos de diferença entre eles, ele ficava frequentemente em sarilhos por a ter posto em apuros. Como na vez em que subira à macieira do vizinho e descobrira que Jess estava a tentar imitá-lo e não conseguira impedi-la. Ainda se recordava do nó no estômago quando a vira cair de um dos ramos mais baixos a gritar de tal maneira que fizera com que a mãe saísse a correr de casa com o avental posto a pensar que alguém tinha morrido.

Quando Philip se alistou no exército, Jessica era ainda demasiado nova para ir trabalhar, mesmo como voluntária. E, felizmente, quando ela tinha idade suficiente para isso, a guerra tinha terminado. Depois de a ter chateado muito, Philip lá conseguiu convencer Jessica a tirar um curso de secretariado, mas até ele chegou a admitir que isso tinha sido um erro. Ela era demasiado agitada para trabalho administrativo e demasiado independente para se tornar uma boa secretária. Os pais tinham desatado a rir quando Jess lhes contara a troca de palavras que tivera na sua primeira e única entrevista para dactilógrafa.

- Imagino que se adeque bem a mim - dissera ela no final da entrevista.

A isto, o entrevistador respondera:

- Far-lhe-á bem deixar a sua imaginação em casa, *Miss* Chandler. Não há tempo para fantasias aqui.

Escusado será dizer que ela não tivera êxito.

A atenção de Philip voltou ao presente quando Charlie levantou a cabeça dos seus pés. Porém, os sentidos de Philip estavam tão desenvolvidos que, mesmo sem sentir esse movimento, ele já tinha detetado que alguém entrara na sala.

- Jess, senta-te aqui comigo, vamos conversar. Baixa o volume do rádio, se quiseres.

Jessica ajeitou as almofadas numa das poltronas em frente a Philip e instalou-se.

- Têm sido dias conturbados para ti. Não foi o melhor regresso a casa - disse Philip, esticando a mão na direção da irmã.

- Estava desejosa de mostrar ao Luigi a minha terra natal. Pensava que seria uma oportunidade de recordar os velhos tempos. Porém agora, com tudo o que aconteceu, não me apetece muito passar tempo com ele, para ser franca.

- Ele tem problemas, mas também tem tido muito com que lidar. A Janie contou-me sobre a mãe dele. E ser ele quem a encontrou... Não sei como alguém consegue recuperar de algo assim.

Jessica pegou na mão do irmão e apertou-a.

- Tenho tido tanta sorte, Phil. Diverti-me imenso nestes últimos nove anos.

- Mereceste os teus anos de liberdade por todos aqueles anos em que estiveste retida aqui a tomar conta de nós. Desististe de muita coisa por nossa causa, Jess.

- Não desisti de nada. Diverti-me muito quando vivi convosco. Não te lembras dos verões que passei na piscina pública? Enquanto a Janie estava na escola e tu na formação de fisioterapia, eu preguiçava e apanhava banhos de sol entre a prática de mergulhos a partir da prancha de cima.

- Sempre adoraste um desafio.

- Conheci pessoas adoráveis nas minhas viagens, aventureiros como eu, à procura de uma vida simples. Andei de um lado para o outro, dormi em sofás de amigos e em praias, uma vez até no chão da casa de alguém. Mal precisava de dinheiro, a comida era muito barata. Tudo o que precisava era o suficiente para o bilhete de autocarro ou de comboio para a próxima paragem, por isso, arranjava trabalho quando precisava. Trabalhei em lojas, a servir às mesas, ajudei um amigo a vender sandes na praia em Espanha. Depois, viajei por Itália durante algum tempo e quando cheguei a Roma tive um golpe de sorte. Ouvi falar de uma família que precisava de uma ama. Precisavam de uma pessoa que tomasse conta das crianças e fizesse algum trabalho doméstico.

- Parece perfeito - disse Philip.

- Sim, uma família adorável. Vivi na casa deles e até pude usar o carro. O *Signor* Dutti é banqueiro. A família tem um lindo apartamento no centro de Roma e uma *villa* em Anzio. Estiveste lá durante a guerra, não foi? Embora duvide que agora reconhecesses o sítio. É tão bonito! Fontanários e *piazzas*, praias de areia e restaurantes de peixe...

- Tens razão. Não é a Anzio de que me lembro - retorquiu Philip - e ainda bem que assim é!

- Como está perto de Roma, é perfeito para as famílias italianas que querem ter uma casa de praia para passarem as férias grandes. É frequente as mães ficarem com os filhos na praia durante os dois meses de verão e os pais aparecem por lá aos fins de semana.

- E tu conheceste o Luigi na *villa* dos Duttis?

Jessica resmungou em forma de resposta e disse de seguida:

- Conheci o Luigi por acaso. Estava com a família na *villa* deles em Anzio. As crianças estavam a aprender piano, por isso, deixava-as na casa da professora de piano todas as quinta-feiras e, então, tinha uma hora para mim. Caminhava até ao fundo do porto para ver os pescadores a remediar as redes. Depois, ia comprar um *cappuccino* no meu bar preferido e ver as pessoas a passar. Fascina-me a elegância dos italianos. Vestem as roupas mais básicas, mas parecem que acabaram de sair de um desfile de moda.

- E o Luigi era umas dessas pessoas que estava a passar?

- Não, ele estava a ajudar a gerir o bar. O Mario, o dono do bar, é um grande amigo dele. Sabes que em Itália é mais sobre quem conheces do que o que sabes fazer.

- Aqui é capaz de se chamar nepotismo a isso.

- É uma forma de vida para eles. A família é tudo. Enfim, ouvi o Luigi a falar inglês com uns clientes e fiquei impressionada com a pronúncia, ou melhor, a falta dela. Por isso, comecei a falar com ele e demo-nos bem. Quando descobriu onde eu tinha crescido, ficou fascinado. A mãe falara muito sobre a Inglaterra, mas nunca tinham chegado a cá vir. Tenho de admitir que achei isso um bocado estranho.

- Porquê vir a Inglaterra quando se tem a Itália toda para explorar? Penso que muitos dos europeus do sul acabam por passar todas as suas vidas nos seus próprios países. Apenas nós, que vivemos no norte gelado, vamos para sul atraídos por todo aquele sol.

Desataram os dois e rir antes de Jessica continuar.

- Percebo o que queres dizer. Enfim, encontrava muitas vezes o Luigi quando ia ao bar do Mario e ficávamos a conversar. Suponho que quem estivesse de fora acharia a nossa amizade pouco normal, mas havia algo nele, uma vulnerabilidade... Ás vezes ele acompanhava-me no meu passeio pelo porto. Estava sempre a fazer perguntas sobre Inglaterra. Então, pouco depois de o ter conhecido, a família Dutti fez uma grande festa para celebrar as bodas de prata, à qual fui convidada.

- Convidaste o Luigi?

Jessica mexeu os pés de forma a não incomodar Charlie.

- Não, mas ele estava lá. Começámos a conversar e descobri que ele conhece a família há anos. Aparentemente, o pai dele e o *Signor* Dutti são sócios.

- Parece que a maioria das pessoas em Itália é sócia do Sr. Denaro. E conheceste o pai do Luigi na festa?

- Não. Acho que as festas não são o estilo do Sr. Denaro. Não sei bem porque é que o Luigi estava lá, para ser sincera. Não conversou com ninguém a não ser comigo e passou a maior parte do tempo na varanda, o mais longe possível das festividades. Duas semanas depois da festa, a *Signora* Dutti chamou-me à sala de estar enquanto as crianças brincavam lá fora. Disse que tinha muita pena, mas tinha de me mandar embora.

- Isso é estranho, não te ter dito a razão.

- Apenas disse que já não precisavam de mim. Pediu-me para me ir embora dali a duas semanas. Foi muito difícil contar às crianças, não sabia realmente o que lhes dizer. Recebi o dinheiro equivalente a um mês e desejaram-me felicidades, mas fiquei com o coração partido. O Riccardo e a Flavia são crianças muito queridas. A imagem das suas carinhas quando lhes contei perseguiu-me durante semanas.

- Se calhar estavam com dificuldades financeiras e precisavam de economizar.

- O *Signor* Dutti é um banqueiro italiano. Esquece tudo o que sabes sobre a gestão bancária inglesa, em Itália é completamente diferente. Acredita em mim, não foi por falta de dinheiro. Já dei voltas à cabeça, mas não consigo perceber o que aconteceu. Enfim, quando contei ao Luigi, ele compreendeu, disse que os Duttis eram típicas pessoas de negócios e que nada do que eles faziam o surpreendia. Foi bastante mordaz, na verdade.

Entretanto, foram para a cozinha e Jessica contou o resto da história a Philip enquanto preparava umas sandes. Explicou como tinha trabalhado por pouco tempo como camareira em Roma, mantendo um contacto ocasional com Luigi. Philip disse muito pouco, acenando com a cabeça de vez em quando e deixando cair queijo no chão de propósito para Charlie comer.

- Isso deve ter-te deixado muito desiludida com Itália, não? - perguntou Philip.

- Foi só uma família. Uma má experiência. Como disse, tive sorte. Houve uma altura em que pensei que iria passar o resto da minha vida em Itália. As pessoas são muito calorosas e hospitaleiras. Acolhem-te nas suas casas, nos seus corações. Adoro todo o estilo de vida de lá.

Jessica levantou-se e fez umas festinhas a Charlie como a desculpar-se por o ter incomodado.

- Quando o Luigi descobriu que vinha para cá, perguntou-me se podia vir comigo. Tenho de admitir que nunca pensei que esta aventura acabasse desta forma.

Jessica afastou o cabelo da cara e olhou para o irmão como a procurar respostas no seu rosto.

- Costumava acreditar que era boa a avaliar as pessoas, mas o Luigi deixou-me perplexa. Quando cheguei, disse à Janie que não havia mistérios para desvendar. Se calhar estava enganada.

Jessica tirou um estojo de maquilhagem da sua mala de mão e pegou num frasco de verniz, que colocou em cima da mesa da cozinha.

- No caso de estares a pensar no que é que vou fazer agora, informo-te que vou pintar as unhas. Tenho intenção de dizer à Janie o quão impressionada estou com a manicure dela. Pensei que ela ia morder as unhas para sempre.

- Ah, ela pode agradecer à Libby por isso.

- A neta da Phyllis? É jornalista, não é?

Philip sorriu.

- Uma pessoa cheia de energia, mas divertida. É ambiciosa, por isso, não ficaria surpreendido de ver o nome dela num jornal prestigioso da Fleet Street em Londres num destes dias.

- Phill, estive a pensar. Quando as coisas estiverem mais calmas, que tal se formos visitar os lugares onde costumávamos ir, para ver o que mudou? Um passeio de um dia, talvez?

Philip baixou-se para acariciar por trás de uma das orelhas de

Charlie, dando uma grande alegria ao cão.

- Ouviste, Charlie? Parece que nos temos de preparar para um desafio!

- Quando foi a última vez que apanhaste o comboio? Que tal se formos a Brighton, sentarmo-nos à beira-mar a comer peixe com batatas fritas?

Havia um tom firme e confiante na sua voz, que fez Philip sorrir.

- A tua sobrinha é mais parecida contigo do que podes imaginar. Ela também não vê barreiras. Tudo é possível aos olhos da Janie, só que algumas coisas levam mais tempo a concretizar.

- Exatamente. Então, vamos de comboio até Brighton, Charlie? O que achas? Será que nós os dois vamos conseguir manter o teu dono longe de tropelias?

Como resposta, Charlie mudou de posição e colocou o corpo aos pés de Philip e a cabeça encostada à perna de Jessica.

- Vou tomar isso como um sim, então - concluiu Jessica.

CAPÍTULO 20

QUARTA-FEIRA – CASA DE HÓSPEDES DA SR.ᴬ SUMMER

ALBERTO DENARO TIROU o diário de bolso da sua pasta de documentos e folheou-o. Já tivera de cancelar duas reuniões e duvidava que regressasse a tempo da próxima, que estava marcada para dali a três dias.

Em muitos aspetos, aquela era uma viagem desperdiçada. Tinha vindo porque pensara que o filho estava finalmente a pedir-lhe ajuda. Em vez disso, mal tinha falado com ele. Havia o funeral de Bertie para tratar, mas em Inglaterra tudo demorava muito tempo e a polícia andava a rondar, o que ainda atrasava mais as coisas.

Era ridículo que o seu filho fosse suspeito. Luigi era incapaz de matar alguém, era demasiado parecido com a mãe. Tinha um carácter taciturno, com todas as emoções à flor da pele, mas sem nenhuma força interior. Era tudo um grande desperdício.

Eloise nunca confiara que ele a pudesse fazer feliz. Independentemente dos presentes que lhe trazia, casacos de pele, jóias, perfumes, apenas sorria fugazmente, agradecia-lhe e, ao fim de um ou dois dias, voltava a mergulhar na sua melancolia. Os seus negócios davam-lhe uma desculpa para se ausentar de casa o mais possível, portanto, viviam mais separados do que juntos. Porém, como Luigi passava muito tempo com a mãe, era inevitável que ficasse como ela.

O sonho de Alberto de um dia passar o negócio para o filho era apenas isso, um sonho. Luigi preferia trabalhar num bar em vez de aprender a fazer transacções comerciais de sucesso. Toda a gente no mundo dos negócios conhecia o nome de Alberto Denaro e isso deixava-o orgulhoso. Havia tanto que podia ter ensinado ao filho, tanto dinheiro para ganhar...

Alberto foi à pequena casa de banho do seu quarto de hotel. Ligou a luz por cima do espelho e contemplou o rosto. A lâmpada lançava uma luz amarelada sobre a sua cara, mostrando uma pele pálida e um ar cansado. Passou a mão pelo cabelo, reparando em alguns cabelos grisalhos na parte da frente e aos lados. A mulher tinha adorado o seu cabelo preto como azeviche. Quando se conheceram, tinha brincado com ele dizendo que estava convencida de que ele era uma estrela de cinema. *Tens a certeza de que não és o Robert Taylor disfaçado?*", dizia a rir-se.

- Oh, Eloise... - murmurou para o seu reflexo. - Se não tivesse havido guerra, talvez tivéssemos sido felizes...

Abriu a torneira de água fria e passou um pouco de água fria pelo rosto, pegando numa toalha de mão a caminho do quarto.

"*Basta!*", pensou enquanto tirava o casaco das costas da cadeira e o alisava.

Era um bom dia para uma caminhada. O famoso céu inglês, cinzento e pesado, fizera uma pausa desde que ele chegara, mas, mesmo assim, levou o guarda-chuva. Na outra mão, levou a sua pasta de documentos. A rececionista do hotel tinha feito questão de lhe dar um mapa da cidade e desenhar o trajeto até à casa de hóspedes. Era simples: apenas uma caminhada curta ao longo da beira-mar. Enquanto andava, olhou para a praia de seixos e ficou surpreendido por ver tantas famílias aparentemente contentes no que ele considerava uma tarde fria. Ele tinha o sobretudo vestido enquanto eles andavam de fato de banho.

Uma família tinha estendido uma manta por cima dos seixos e disposto aí uma grande variedade de comida: sandes, bolos, bolachas. Observou um menino, que não devia ter mais que cinco ou seis anos, pegar em cada uma das sandes, morder um bocado e, de seguida, colocá-la no mesmo sítio de onde a tinha tirado. O pai começou a gritar com ele e a criança começou a chorar até que a mãe o puxou para ela e o abraçou. Deu umas palmadinhas no espaço ao lado dela, abriu um pacote de bolachas e deu uma ao menino. O pai levantou-se e foi até à beira da água atirar seixos para o mar turvo, observando-os a saltitar pela superfície antes de se afundarem.

Quando Alberto chegou à casa de hóspedes, hesitou um momento antes de tocar à campainha. Assim que a campainha tocou, Rosetta abriu a porta, como se estivesse à espera da sua chegada.

- Sim?... - disse, mantendo a porta aberta, mas bloqueando a entrada.

- Sou Alberto Denaro. O meu filho está alojado aqui.

Ele manteve-se na soleira da porta, à espera. Era estranho falarem em inglês sendo ambos italianos, mas de alguma forma isso parecia o mais correto.

- Ah, sim, o pai do Luigi. *Piacere*. Prazer em conhecê-lo. Ele não está.

Não disfarçou o incómodo que seria em convidá-lo para entrar. A família Denaro e os seus associados não tinham trazido nada a não ser má sorte.

- Posso entrar?

Alberto ficou a aguardar, perguntando-se se ela iria ceder ou se ele teria de regressar noutra altura. Talvez, mais tarde, pudesse dar uma volta com o filho, embora isso trouxesse um outro conjunto de dificuldades.

- O seu filho não está aqui - repetiu ela.

- Não, mas em relação ao meu sócio, o Sr. Williams... vim tratar do que é preciso. - Perguntou-se se ajudaria a sua causa se pusesse as coisas numa base mais oficial. - Há documentação para pôr em dia, percebe?

- Ah, sim. Entre, por favor.

Ela afastou-se e indicou com um gesto para que ele entrasse.

Depois, ficaram os dois embaraçados lado a lado no vestíbulo.

- A polícia ficou com o passaporte dele - disse ela, pensando que documentação seria necessária para tratar de um funeral.

- Posso ver o quarto dele?

Por fim, tinha encontrado uma razão para lá ter ido, mas Rosetta hesitou, tentando perceber o que havia naquele homem que a punha desconfortável.

- Porque é que quer ver o quarto dele?

- Tal como disse, tenho de tratar do funeral. Suponho que as roupas dele ainda estejam aqui?

- Ah, sim.

Surgiu-lhe uma imagem na cabeça de Rosetta do dia em que teve de escolher as roupas para o seu falecido marido. Colocou as mãos na cara, fechando momentaneamente os olhos, com esperança de que a imagem se dissipasse. Depois, fez um gesto para Alberto a seguir, subindo as escadas até à porta do quarto número três.

- Entre você. Eu prefiro não entrar, desde...

- Eu percebo. Deve ter sido um choque para si.

Abriu a porta do quarto e ficou um momento com a mão na maçaneta à espera que Rosetta se fosse embora.

- Estarei na cozinha - informou ela e virou-se para descer as escadas, afastando-se das lembranças sombrias da morte.

Ao entrar, Alberto ficou parado à porta e olhou à volta. Ligou o interruptor da luz para iluminar o ambiente sombrio, que era ainda mais sombrio por as cortinas de cetim continuarem fechadas. Começou a vasculhar o camiseiro, passando os dedos pelos lados e pela parte de trás de cada gaveta. Não sabia o que andava à procura, mas sabia que tinha de haver uma razão por que Bertie tinha ido a Tamarisk Bay. Se conseguisse descortinar essa razão, talvez conseguisse explicar os acontecimentos ocorridos desde então.

Enquanto continuava a procurar pelo quarto, pensava na sua amizade com Bertie. Ambos tinham feito os seus negócios crescerem e tornaram-se cada vez mais bem sucedidos. Houve alturas em que Alberto invejara um pouco o seu amigo. Bertie não tinha distracções, não tinha mulher nem filhos. Podia focar-se inteiramente no seu trabalho, sem sentir a culpa que Alberto carregava com ele, como um permanente peso nas costas. Quando Alberto abrira a carta de Luigi e descobrira que o seu filho tinha ido para Inglaterra, a primeira pessoa a quem contara fora a Bertie.

- Desiludi o meu filho - dissera-lhe ele. - Devia ter sido eu a ir com ele a Inglaterra para visitar a terra natal da mãe. Fazer a viagem juntos poderia ter ajudado a colmatar as divergências que sempre houve entre nós.

Alberto voltou às suas buscas, tentando afastar as memórias dolorosas. Não encontrou nada nas gavetas e ficou parado por um momento a olhar para a cama. O corpo do seu amigo ainda estava decalcado na almofada e na colcha. Era como se o seu espírito ainda estivesse ali a descansar.

Dirigiu-se à janela, abriu as cortinas e olhou para o jardim das traseiras. A erva era verde vibrante. Sorriu por instantes ao recordar-se o quanto a sua mulher sentia saudades dos relvados ingleses. Não havia espaço para relvados nas varandas e nos pátios da *villa* à beira-mar. Talvez ele devesse ter partido parte do pavimento. Talvez ela tivesse gostado disso.

Andou devagar pelo quarto, a tentar fazer o mínimo de distúrbios. Ao chegar perto do guarda-roupa de nogueira, abriu as duas portas. A madeira estava ligeiramente deformada, fazendo com que uma das portas ficasse perra por baixo. Puxou com mais força e as portas abriram-se, mostrando três cruzetas com dois fatos e um casaco informal. Bertie claramente não tinha intenção de ficar ali muito tempo.

Começou a revistar os bolsos do casaco, parando por momentos quando pensou ter ouvido passos no corredor. Susteve a respiração e ficou a ouvir, olhando para a maçaneta da porta à espera de a ver rodar e de entrar alguém. Ele iria parecer um ladrão, a necessitar de uma desculpa para estar a vasculhar por entre os pertences do seu amigo. Como não houve mais nenhum ruído ou movimento, continuou, deslizando a mão para dentro de um pequeno bolso cosido no forro de seda do casaco. Havia lá um envelope. Tirou os óculos do bolso do seu casaco e colocou-os na cara. Na verdade, não precisava dos óculos para reconhecer a letra manuscrita. Apenas uma palavra estava escrita no envelope. A palavra era Bertie.

Virou o envelope para a parte de trás e passou o dedo pela aba rasgada. Era como se o destinatário tivesse rasgado o envelope, desesperado por ler o conteúdo. Alberto abriu o envelope com muito cuidado, deslizou a mão lá para dentro e puxou de uma folha de papel cor de marfim. Estava dobrada em dois e apenas estava escrita num dos lados, por isso, foi só quando a abriu completamente que pôde confirmar que a letra da carta correspondia à do envelope. Era a letra da sua mulher, a sua Eloise.

Fechou os olhos por um momento, com receio do que estava prestes a ler. Abriu os olhos outra vez e leu as palavras escritas.

Meu querido Bertie,

Peço o teu perdão e o perdão do meu filho e até do Alberto. O meu amor por ti aparou-me por muitos anos, mas também me diminuiu como mãe e como esposa.

Tens razão quando dizes que o nosso caso amoroso nunca devia ter acontecido, mas também não consigo imaginar uma vida sem ti. Por favor, não penses mal de mim. Não posso ficar à espera de te ver desaparecer. Por isso, despeço-me de ti, meu amor, e tenho esperança, com todas as fibras do meu ser, que possamos um dia encontrar-nos mais uma vez na piazza perto do fontanário.

A tua, Eloise

Quando chegou ao fim da carta, Alberto deixou-se cair de joelhos no chão, segurado a folha de papel nas mãos.

- Oh, Eloise, minha querida... - disse em voz alta para o quarto vazio.

O peso do seu sofrimento abateu-se sobre ele. Baixou a cabeça até aos joelhos e desatou a chorar.

Cerca de uma hora mais tarde, Alberto chegou a casa de Philip. Durante essa hora, ensaiara uma centena de maneiras diferentes de dizer ao seu filho a mais dura notícia de sempre: que era a sua mãe que estava a ter um caso e que, por fim, foi o receio de perder Bertie que a tinha levado a acabar com a própria vida.

Ainda não tinha encontrado as palavras certas quando bateu à porta da casa de Philip, meio esperançado de ser informado que o seu filho não estava lá. Em vez disso, foi Luigi quem abriu a porta. Ele fulminou o pai com os olhos e manteve a porta parcialmente aberta de forma a que Alberto, mais uma vez, ficasse de pé na soleira.

- Posso entrar? - a voz tremia-lhe e a mente estava num turbilhão.

Luigi resmungou e recuou.

- Faz o que quiseres. É o que costumas fazer.

Alberto avançou para o vestíbulo, a pensar como daria o próximo passo.

- O Sr. Chandler está em casa?

- Foi ele quem vieste ver?

- Não, *figlio*, foi a ti. Preciso de falar contigo.

Luigi fez uma careta como se a ideia de conversar com o pai fosse tão desagradável como morder um limão amargo.

- Está na sala de estar, com a Janie e a Jessica. Provavelmente a falar de mim e dos incómodos que estou a causar.

- Oh, Luigi - disse Alberto, suspirando de desespero.

- É melhor irmos para a cozinha. Podemos falar aí sem sermos incomodados.

Acenou ao pai para o seguir até à cozinha, mantendo as costas voltadas enquanto enchia a chaleira e a punha ao lume.

- Luigi, não te incomodes com isso agora. Preferia que te sentasses. Preciso de te contar uma coisa... É difícil...

Luigi parou por um momento antes de desligar o fogão, mas manteve-se de pé, com o olhar afastado do pai.

- Se não olhas para mim, pelo menos espero que me ouças. Voltei à casa de hóspedes e fui ao quarto do Bertie.

- À procura de mais provas contra mim? Até o meu próprio pai pensa que sou culpado!

- Não, pelo contrário. Fui ao quarto do Bertie para encontrar alguma coisa que pudesse provar a tua inocência.

Luigi virou-se de frente para o pai com os olhos semicerrados e a testa franzida. Alberto aproximou-se do filho e Luigi não se mexeu, mas manteve-se uma distância entre os dois. Uma distância física que reforçava o abismo emocional.

- Deixa-me falar primeiro, preciso de te dizer uma coisa. - disse Luigi e respirou fundo antes de continuar. - Eu fui ao quarto de Bertie naquela noite. E a polícia sabe disso. Não lhes disse, mas eles sabem, tenho a certeza.

Alberto suspirou. Esta reviravolta dos acontecimentos era como um convidado indesejado numa festa: inesperado e difícil de se desembaraçar.

- Porque mentiste?

- Porque é que achas? Fui ao quarto dele naquela noite e depois apareceu morto. Fui a última pessoa a vê-lo vivo.

Luigi endireitou-se e dirigiu-se para a porta, deixando o pai a processar a sua confissão.

- Diz-me exatamente o que aconteceu, do que falaram?

- Volta para Itália, papá. Volta para as tuas reuniões de negócios, para os teus esquemas maquiavélicos, e deixa-me aqui a enfrentar o meu destino. Se me querem prender, que prendam. Já não quero saber.

Philip ouviu a porta bater e supôs que quem quer que tivesse saído não estava muito bem disposto. Incentivou Charlie a entrar em ação e a segui-lo até à cozinha. Não querendo entrar de repente, bateu na porta antes de avançar.

- Está tudo bem? - perguntou Philip sem saber com quem estava a falar. Então, ao ouvir a voz de Alberto, empurrou a porta para a abrir e ficou ali parado.

- Lamento imenso, Sr. Chandler. Deve pensar que o meu filho é muito mal-educado, a bater a porta daquela maneira. Ele está muito transtornado.

- Não precisa de pedir desculpa. Ele tem passado por muito, é compreensível que esteja transtornado.

Philip puxou de uma cadeira junto à mesa e sentou-se, esticando a mão para dar umas festinhas a Charlie, que se encostara à sua perna.

- O meu filho culpa-me por tudo o que está mal da sua vida. Talvez tenha razão. Talvez se tivesse passado menos tempo a tentar fazer dinheiro... - Alberto hesitou. - Posso servir-me de um copo de água?

- Claro que sim. Há gelo na parte de cima do frigorífico.

Alberto abriu a torneira e encheu um dos copos que estavam no escorredor. Bebeu um pouco e deitou fora o resto no lavatório.

- Não podemos desfazer o passado - disse ele.

- Não, não se pode mudar o que aconteceu. Sei isso muito bem. Philip sorriu de forma irónica.

- Claro, teve de lidar com muitas dificuldades na sua vida. Perdeu a vista, teve de criar a sua filha sozinho...

- Não estava sozinho. A minha irmã foi um apoio maravilhoso para nós. - Philip parou de falar, prestando atenção a qualquer som ou movimento que lhe indicasse se Alberto estava sentado ou de pé. - Como podemos ajudar?

- Acha que o meu filho vai ser preso?

- A polícia está à procura de respostas e, neste momento, pensam que o Luigi é o único que as pode dar. Sr. Denaro, sabe o que o seu amigo estava a fazer aqui em Tamarisk Bay?

- Isso foi o que o meu filho me perguntou. E hoje encontrei algo que penso que explica a sua vinda aqui.

A conversa parou por um instante com a chegada de Janie. Ela tirou uns copos de um dos armários, espremeu umas laranjas e dispôs tudo na mesa, servindo um pouco de sumo a cada um. Por momentos, concentraram-se nas bebidas. Então, Janie disse:

- Sr. Denaro, podemos dar um passo atrás? Pode falar um pouco mais sobre a sua relação com o Sr. Williams? Era apenas uma associação comercial?

Alberto levantou-se e foi até ao pé de Charlie, baixando-se para lhe dar festinhas na cabeça.

- É um cão muito bom, e um bom amigo também?

- Não conseguiria passar sem ele - respondeu Philip, passando a mão pelo dorso de Charlie.

- O Bertie também era um bom amigo. Conheci-o há muitos anos, pouco depois da guerra ter terminado. Eu estava a montar o meu negócio e ele a desenvolver o dele. Tínhamos muitos conhecidos em comum e encontrávamos-nos frenquentemente nas mesmas reuniões.

Alberto calou-se, revivendo as memórias desses tempo, memórias que estavam agora manchadas pela carta que tinha no bolso.

- Sr. Chandler, perdeu a sua visão, mas está rodeado pela sua família. Eu tenho o proveito de todos os sentidos, mas tenho estado cego a muitas coisas.

Janie esticou a mão na direção de Philip antes de dizer:

- Descobriu alguma coisa, Sr. Denaro?

Viu o italiano a baixar a cabeça e aguardou que falasse.

- Encontrei isto - respondeu ele, tirando o envelope do bolso e dando-o a Janie.

Ela segurou-o nas mãos por instantes, a aguardar a autorização para o abrir.

- Leia-a, por favor, mas eu não posso ficar aqui a ouvir as palavras.

Desta vez a porta fechou-se com o mínimo de ruído quando o Sr. Denaro saiu para a rua silenciosa.

CAPÍTULO 21

QUARTA-FEIRA À TARDE - CASA DOS CHANDLERS

LUIGI REGRESSOU A CASA de Philip a meio da tarde. Michelle tinha acabado de comer e de mudar a fralda e estava alegremente ao colo de Philip. O rádio estava ligado e a música de fundo dava uma aparente tranquilidade à cena, embora os pensamentos de Janie fossem tudo menos tranquilos. A carta de Eloise mudara tudo e precisava de encontrar uma maneira de dizer a Luigi algo que tinha a certeza lhe iria partir o coração.

Depois de Jessica ler a carta, dissera que a sua emoção primordial era culpa.

- Sentes-te culpada em relação a quê? - perguntara Janie à tia.

- Devia ter percebido, feito mais perguntas.

- Tenho a certeza de que o Luigi nunca soube a verdade, por isso, as tuas perguntas teriam sido inúteis. É uma história muito, muito triste e as únicas pessoas que sabem a verdade estão mortas. Vai dar uma volta para apanhar ar e tenta não pensar mais nisso.

- Vou até ao salão de jogos no Pontão de Tidehaven. Lembras-te, Phil, o que nos divertimos lá?

- Lembro-me de que querias fazer sempre mais uma tentativa, convencida que ias ganhar, mas, inevitavelmente, saíamos de lá com menos do que entráramos - ripostara Philip a sorrir. - Desta vez não vou lá estar para te arrastar de lá para fora, por isso, certifica-te de que defines um limite.

Mais tarde, quando ouviram a porta da frente a abrir, pensaram que era Jessica a regressar, mas ouviram duas vozes no vestíbulo.

- Olhem quem eu encontrei ao sair do autocarro - disse Jessica, deixando cair a echarpe no sofá. - Andava a deambular como uma alma perdida. Disse-lhe que devia ter vindo comigo ao Pontão. Se calhar tinha-me dado sorte.

- Não me digas que perdeste outra vez?! - retorquiu Philip a rir-se.

Janie viu Luigi a pairar à porta.

- Está tudo bem, o teu pai não está aqui. Regressou ao hotel há algum tempo.

Os ombros de Luigi relaxaram um pouco.

- Luigi, e que tal se fôssemos um bocado lá fora, para o jardim?

Janie acenou-lhe para ele a seguir através da cozinha. Abriu a porta das traseiras e saíram para o jardim. Os arbustos que cresciam ao longo dos três lados do jardinzinho separavam-no dos vizinhos em ambos os lados. Ao fundo, no outro lado do arbustos, havia uma caminho para pedestres de acesso às outras casas. Como Janie evitava plantar fosse o que fosse que necessitasse de muita atenção, a maior parte do jardim era composta por um relvado. Havia uma pequena área pavimentada e um banco ao lado de uma macieira solitária.

- Vês isto? - perguntou ela a apontar para umas marcas no tronco da macieira.

Luigi aproximou-se do sítio onde ela estava a apontar e examinou o tronco da árvore.

- Eu fiz isto quando tinha uns oito ou nove anos, com o canivete suíço do meu pai. Quando a Tia Jessica descobriu, fiquei mesmo em sarilhos.

- Porque danificaste a árvore?

- Porque me podia ter magoado - retorquiu ela, sorrindo com a lembrança. - O meu pai nunca viu isto, claro, mas sabe. Quando a Tia Jessica lhe contou, veio logo aqui fora e passou os dedos pelo tronco. Sabes o que é que disse?

- Ralhou-te?

Janie passou a mão pelo tronco da árvore.

- Não. Disse-me que devia ter feito uma imagem bonita em vez de apenas riscos. Lembra-te, disse ele, se vais correr riscos, faz com que valham a pena.

- O que queres que te diga? - perguntou Luigi, com um tom na voz que indicava mais do que irritação.

- Nós apenas queremos ajudar-te, mas não o podemos fazer a não ser que sejas completamente honesto connosco. Foste falar com o Bertie na noite em que ele morreu?

Luigi olhou para Janie com os olhos semicerrados como se ela lhe tivesse dado um estalo antes de falar.

- Queria nunca ter entrado naquele quarto nessa noite. Por vários motivos, queria nunca ter lá ido. Queria confrontá-lo sobre os negócios que tinha com o meu pai.

Luigi hesitou, como se não conseguisse dizer as palavras seguintes.

- Se for preso, a única coisa que vou ver de Inglaterra é o interior de uma cela. - Fechou as mãos em punhos. - Não fui eu, Janie. Sabes disso, não sabes?

- Não o mataste?

- Encontrar a minha mãe daquela maneira quase me destruiu. Achas que era capaz de matar alguém?

- Talvez, se estivesses suficientemente zangado, se achasses que o Bertie era o culpado disso de alguma forma...

- Porque é que acharia que ele era o culpado pela morte da minha mãe? Já te tinha dito que ponho firmemente a culpa nos ombros do meu pai. E ele sabe isso. Consegui ver isso na cara dele há bocado.

Era como se Janie tivesse um pau em chamas e o tivesse de passar a Luigi, sabendo toda a dor que isso iria causar. Sentado por baixo na macieira, Luigi ouviu Janie contar-lhe a verdade sobre o relacionamento da mãe com Bertie Williams. Ao chegar ao fim da história, ela deu-lhe a carta, virando-se para o outro lado enquanto ele a lia. Janie esperava uma explosão de fúria, mas, em vez disso, Luigi desatou a chorar, soluçando ruidosamente, mal dando tempo para limpar a cara ou assoar o nariz. Janie manteve-se sentada em silêncio, querendo abraçar o amigo italiano da tia.

- Pus as culpas em cima do meu pai, mas afinal era a minha mãe que não era fiel ao casamento - disse Luigi pouco mais alto que um murmúrio. - Foi para o Bertie que ela perdeu o coração quando o conheceu na *piazza* naquele dia. Tinha a ideia absurda que aquele soldado era o teu pai. Queria que tivesse sido ele, ou outro qualquer. Qualquer um menos o Bertie.

Janie esticou a mão em direção a Luigi.

- Isto é muito difícil para ti. São coisas que ninguém quer ouvir, mas estava-se em guerra, a vida devia ser muito diferente daquela que conhecemos agora.

Janie falara num tom suave e encorajador.

- Ele deve ter-se mudado para Anzio para voltar a vê-la.

Luigi levantou-se e começou a andar de um lado para o outro, olhando para o chão como se algo ali o pudesse ajudar a fazer sentido da confusão que lhe ia na cabeça.

- Suponho que os negócios com o teu pai lhe deram uma oportunidade de ver a tua mãe - disse Janie, hesitante. - E, durante todo esse tempo, o teu pai nunca soube.

Luigi pegou no lenço que estava agora todo molhado e virou-o à procura de um bocado seco.

- Odiei o meu pai durante muito tempo, mas agora odeio-me mais a mim mesmo. Não consegui ver a razão da infelicidade da minha mãe. Talvez, se tivesse sabido a verdade, eu pudesse ter ajudado.

- Não, Luigi - disse Janie numa uma voz firme. - Não te podes culpar. O Bertie e a tua mãe sabiam o que estavam a fazer. Eles deviam saber os riscos que corriam. Uma situação como esta acaba sempre por magoar toda a gente envolvida.

Luigi olhou para Janie novamente com os olhos cheios de água.

- Tens razão, magoou toda a gente.

- E mais recentemente? - Janie queria referi-se à morte de Eloise, mas não conseguiu encontrar as palavras certas. - Achas que a tua mãe receava que o teu pai descobrisse o caso?

Luigi abanou a cabeça.

- Não sei.

- A tua mãe nunca consideraria o divórcio?

- A minha mãe era católica praticante. A fé dela era muito importante.

- Talvez o Bertie tivesse tentado acabar com a relação, pensando que pouparia a tua mãe a mais sofrimento...

Luigi virou costas a Janie e pôs as mãos na cabeça num gesto que revelava emoções desenfreadas.

- Ela não conseguiu aguentar, não foi? - A voz dele estava tão abafada por causa do choro compulsivo que era difícil perceber o que estava a dizer. - Não conseguia viver sem ele, por isso, escolheu não viver. E isso é o que dói mais. Eu não era suficiente para ela continuar a viver.

Luigi deixou-se cair no chão e levou os joelhos ao peito, afundando aí a cabeça. Janie ficou ao lado dele e encostou a mão nas suas costas a tentar confortá-lo.

Passado algum tempo, parou de chorar subitamente. Era como um comboio que tinha chegado ao fim da linha. Não havia mais sítio para onde ir, nada mais para dizer ou fazer. Levantou-se e afastou as madeixas húmidas do rosto.

- Preciso de um cigarro.

Tirou o maço do bolso da camisa. Janie observou-o enquanto ele o acendia e inalava longamente.

- E agora vem a parte pior, - disse ele - o pedido de desculpas que devo ao meu pai. Culpei-o durante anos e agora parece que ele não tem culpa nenhuma. Não sei se vou conseguir encontrar as palavras certas...

CAPÍTULO 22

Quinta-feira - Esquadra da Polícia de Tidehaven

- Vou voltar lá para falar com o DS Bright.

Janie passou Michelle de um braço para o outro, colocou o biberão em cima da mesa da cozinha e virou-se para Greg.

- Estás à espera que eles já tenham os resultados da segunda autópsia?

- Quero fazer o que for possível para ajudar o Luigi a seguir em frente com a sua vida. Teve de lidar com a morte da mãe e, depois, descobriu que nunca realmente a tinha conhecido. Deve ter sentido que a perdera outra vez.

- Isso transtornou-te mesmo, não foi? - perguntou Greg, abrindo a caixa do pão e fechando-a novamente. - Se eu fizer sandes com estas últimas fatias de pão, ficas sem torradas.

- Não faz mal, como cereais.

- Precisamos de nos organizar melhor.

- Queres dizer, eu preciso de me organizar melhor.

- Sabes que não há razão nenhuma para o detetive te dizer seja o que for. Tu não és da família.

- Então, vou ter de usar os meus poderes persuasivos, certo?

- Preciso de ir trabalhar, mas sabes o que eu penso. Só consegues fazer isso até um certo ponto. Não cabe a ti resolver as coisas para toda a gente. - Greg suspirou, passando a mão pelo cabelo. - Os fins de semana prolongados são bons, mas, depois, fica mais difícil começar a trabalhar outra vez às sete da manhã.

- Michelle, o teu pai parece que se esqueceu de que às sete da manhã ainda estamos deitadas.

Janie passou-a para o colo de Greg e suavemente empurrou-lhe o ombro para ele se sentar na cadeira.

- Eu faço as sandes para ti hoje, mas não te habitues - disse ela a sorrir.

- Não vais levar a Michelle para a esquadra da polícia, pois não?

- Tens medo de que a prendam?

- A sério, Janie. Não gosto da ideia de ela ir lá. Passa por casa do teu pai antes e deixa a Jessica a tomar conta dela.

Ao aproximar-se do edifício de betão insípido que alojava a esquadra da polícia, Janie pensou nas suas opções. No passado, tinha conseguido oscilar entre um membro do público interessando e uma detetive amadora. Teria sido bom saber exatamente o que o DS Bright pensava dela. De vez em quando ele tornava claro que a achava irritante, mas nos últimos meses houve alturas em que ela detetou uma ligeira ponta de admiração. Tinha a certeza de que ele a respeitava por ter descoberto a verdade sobre a morte de Joel, mesmo que nunca o fosse admitir Os seus caminhos voltaram a cruzar-se quando ela estava a ajudar Hugh Furness num caso em que ela tinha uma compreensão da situação melhor do que o detetive sargento. Desta vez, os papéis tinham-se invertido, mas apenas até certo ponto. A polícia tinha informações de que ela precisava. E ela tinha informações de que esperava eles não precisassem.

Aguardou enquanto o sargento de serviço ligava ao gabinete de Frank Bright, que apareceu pouco depois. Por instantes, um brilho surgiu-lhe no rosto, mas logo voltou ao ar impávido que ele dominava e que não revelava nada.

- Sr.ª Juke, veio falar comigo?

A pergunta era desnecessária, mas ela sabia porque é que ele a perguntara. Ele estava no seu domínio, eram as regras dele e fazia questão de mostrar isso claramente.

Ela seguiu-o até à sala de interrogatório, onde tinham estado no dia anterior. Ele aguardou que ela se sentasse no outro lado da tosca mesa de madeira. Depois, tirou um maço de cigarros do bolso e colocou-o ao lado do cinzeiro que já estava a abarrotar. Por instantes, veio à memória de Janie a primeira vez que ela entrara na sala de interrogatório da polícia, quando estava grávida de Michelle.

- Esta divisão podia ser um pouco mais alegre...

Janie apontou com as mãos para as paredes nuas à volta.

- Qual era a sua ideia? Vistas panorâmicas do Pontão de Tidehaven? Alguns barcos de pesca, uns castelos de areia? - Frank Bright não tentou esconder o sarcasmo na voz. - Isto é uma esquadra da polícia, Sr.ª Juke, ou já se esqueceu disso?

- Claro que não. É só porque usa a mesma divisão para interrogar os culpados e os inocentes. Se tivesse um ar mais simpático, as pessoas podiam sentir-se mais dispostas a falar. Podia ajudar, a longo prazo.

Frank tirou um cigarro do maço, bateu com a ponta na mesa e segurou-o nos dedos, sem o acender.

- E a senhora é o quê?

- Eu?

- Culpada ou inocente?

- Penso que não precisa de perguntar isso, não acha? Não me parece que seja culpada de alguma coisa, certo?

- Culpada de esconder informação, talvez?

O detetive pousou o cigarro, tirou o lápis do bolso, lambeu-lhe a ponta e colocou-o em posição pronta para escrever. Janie observou Frank Bright, aproveitando a pausa na conversa para se recordar das conversas que tinha tido com Luigi.

- Quando esteve aqui com o Sr. Denaro mais velho, falámos sobre a pasta de documentos que encontrámos no quarto do Sr. Williams - disse Frank.

- Sim, o Luigi disse que não era aquela que tinha perdido. Ficou muito desapontado.

- Ficou?

O detetive semicerrou os olhos e pousou o lápis na mesa. Havia um grande envelope sobre a mesa, que ele agora deslizava em direção a Janie.

- Quer que eu veja o que está lá dentro?

Frank observou Janie a abrir o envelope e a tirar de lá de dentro várias fotografias a preto e branco. Ela espalhou-as pela mesa para as examinar. As fotografias mostravam um jovem casal em várias poses. A mulher estava vestida elegantemente, sempre com um chapéu, e o homem vestia um fato.

- Quem são?

- Não sei. Pensei que podia saber.

- Onde encontrou estas fotografias?

- Na pasta de documentos que o Sr. Denaro garante que não é dele.

Em todas as fotografias o casal olhava um para o outro com tanto carinho que Janie sentiu como se estivesse a interromper um momento íntimo. Luigi dissera que a mãe era bonita, mas esta mulher era mais que simplesmente bonita. O fotógrafo tinha capturado a boa qualidade luminosa da pele, as maçãs do rosto salientes e os olhos gentis. Olhos que não conseguiam esconder o amor que tinha pelo homem seu lado. Tinham passado muitos anos desde que as fotografias tinham sido tiradas, mas Janie conseguia ver as semelhanças entre o homem nas fotografias e o homem que perdera a vida na noite de Sexta-feira Santa.

Frank Bright também tinha reparado nas parecenças. Era mais uma coisa que o tinha posto a pensar. Observou Janie enquanto ela olhava para as fotografias e tentou adivinhar os seus pensamentos. Havia uma ligação entre os Denaros e Bertrand Williams e aquelas fotografias eram relevantes. Mas porquê?

- Quando os seus agentes fizeram as buscas ao quarto do Sr. Williams, encontraram mais alguma coisa de interesse?

A pergunta de Janie trouxe a sua atenção de volta ao presente.

- Talvez.

- Agora está a ser evasivo, Detetive Sargento.

- Não, Sr.ª Juke, estou apenas a lembrá-la de que se trata de uma investigação policial.

- Encontrou alguma coisa que possa ligar o Luigi à morte do Sr.

Williams? Pode dizer-me alguma coisa? Tem as suas suspeitas desde o início, não tem?

Ele sorriu e respirou fundo.

- Precisa de desenvolver a sua capacidade de observação, Sr.ª Juke.

Naquele momento ele estava em vantagem e estava claramente a gostar disso.

- Viu alguma coisa no quarto? Alguma coisa que o levou a pensar que mais alguém tinha estado lá além de mim e da Rosetta?

Ele empurrou a cadeira para trás e levantou-se, pegando no maço de cigarros em cima da mesa e enfiando-o de novo no bolso. Janie perguntou-se se as preocupações da mulher dele em relação aos cigarros estavam a ter algum efeito. Tinha a certeza de que ele já teria fumado pelo menos um cigarro, se não mais.

- Suponho que nunca tenha fumado?

A pergunta apanhou-a de surpresa.

- Não. O meu pai nunca fumou e a minha tia também não. Não foi algo que tenha estado presente quando cresci. O Detetive Sargento fuma desde pequeno?

- O Sr. Williams não fumava cigarros.

Mais uma vez, a direção da conversa era desconcertante. Ela observou-o a encostar-se à parede e a raspar um pé pelo chão. A cabeça dela reviu tudo o que ficara a saber sobre Bertie Williams desde que este morrera, tentando determinar a importância da revelação do DS Bright.

- Vá lá, Sr.ª Juke, não me desiluda. Estou habituado a esperar mais de si do que isto.

Agora estava a brincar com ela e quanto mais ele a provocava mais determinada ela ficava para chegar à conclusão certa antes de ele a entregar de bandeja.

- Não me disse que era uma ávida fã do Hercule Poirot?

Janie respirou fundo e obrigou-se a substituir o sobrolho franzido por um sorriso.

- Aprendi tudo o que sei com ele.

- Pode ter a certeza de que esta pista não tinha passado despercebida ao Poirot. Tê-la-ia escrito no seu caderno. Tem um caderno, não tem?

Ela aguardou pelo próximo passo dele.

- E tenho a certeza de que o tem agora consigo, nesse seu saco.

Deslizando a mão para dentro do seu saco de lona, Janie tirou de lá o seu caderno. Não podia correr o risco de ele ver o que tinha escrito, principalmente no que dizia respeito às conversas com Luigi e o seu pai. Por isso, abriu-o em cima da mesa na primeira página, com a mão firmemente pousada na outra página.

- Suponho que esses sejam os primeiros apontamentos que fez na sexta-feira passada?

- Sim. Escrevi algumas notas antes de ir dormir nessa noite. Tudo o que me lembrava de ter visto ou ouvido.

Olhando de novo para as suas notas, reproduziu a cena na sua cabeça, imaginando a cena. Fechou os olhos por instantes, para deixar de ver Frank e o ambiente lúgubre à sua volta, substituindo-os pelo quarto de Bertie Williams. De repente, viu a pista à qual o detetive se estava a referir e a razão pela qual ele suspeitava de Luigi desde o primeiro dia. Quando abriu os olhos novamente, o DS Bright, estava de novo sentado na cadeira a observá-la com uma expressão divertida no rosto.

- Viu-o agora, não foi?

- Sim, o cinzeiro.

- Diga-me, quantas beatas é que lá estavam?

- Duas?

O detetive resmungou, como um professor desapontado por o aluno lhe dar a resposta errada.

- Três - respondeu ele.

- E pensa que...?

- Eu não penso nada, Sr.ª Juke. O trabalho da polícia é recolher provas. Uma pessoa que fuma cigarros esteve no quarto do Sr. Williams naquela noite. A Sr.ª Summer não fuma e, como admitiu, nem a senhora ou a sua família. Suponho que o seu marido também não seja amigo da erva terrível...

Janie abanou a cabeça.

- O Sr. Williams fumava cachimbo. O cachimbo dele estava no

toucador com um saco de tabaco ao lado. Sobra apenas uma pessoa: o Sr. Luigi Denaro. Acontece que eu sei que ele gosta de fumar cigarros tanto quanto eu. Por isso, aquele cinzeiro diz-me que, não apenas ele foi ao quarto do Sr. Williams, como também ficou lá o tempo suficiente para fumar três cigarros. Agora, faço a mim mesmo a pergunta: porque é que o homem mentiria? Porque é que finge que não entrou no quarto quando é evidente que entrou?

Frank estava certo. Luigi admitira que tinha ido ao quarto de Bertie nessa noite, mas pouco disse sobre a conversa entre eles. Se Bertie tivesse contado a Luigi sobre o caso amoroso, isso poderia ter sido suficiente para incendiar o temperamento de Luigi. No entanto, Luigi parecera genuinamente chocado quando ela lhe mostrara a carta. Certamente que ele não era assim tão bom actor que conseguisse manter esse conhecimento em segredo.

O que era certo era que, se Frank Bright ficasse a saber sobre a carta, e sobre o caso amoroso, teria ainda mais razões para suspeitar de Luigi. Havia apenas uma coisa que provaria irrefutavelmente a inocência de Luigi.

- DS Bright... - hesitou ela por instantes a tentar encontrar as palavras certas - já tem os resultados da segunda autópsia?

Um sorrido foi surgindo no rosto do detetive. Levantou-se e foi até à parede do fundo, criando distância entre ele e Janie. Depois, virou-se e começou a caminhar novamente na direção da mesa, com uma passada lenta, mas intencional.

- E aí está! - exclamou ele, observando a reação dela. - Tem esperança de que, se a morte do Sr. Williams tiver sido causas naturais, então, o seu amigo Sr. Denaro fica a salvo.

Calou-se e ficou à espera que ela dissesse alguma coisa, mas ela manteve-se em silêncio. Por isso, ele continuou.

- É aí que se engana.

Janie inquietou-se e colocou as mãos em cima da mesa, como se a examinar a sua mais recente manicura.

- Ah, sim? - disse ela, olhando de volta para o detetive.

- Lamento dizer que sim.

- Vai esclarecer-me?

- Vou acabar com o seu sofrimento. O Sr. Bertrand Williams morreu de ataque cardíaco, mas as conclusões preliminares do Dr. Filbert estavam corretas. O Sr. Williams sofria de uma doença pulmonar grave, o que significa que tossia sangue frequentemente.

Manteve o rosto o mais impávido possível e, mais uma vez, observou-lhe a reação.

- Então, não há crime. Não há dúvida, é uma conclusão definitiva.

- Talvez.

Tirando o maço de cigarros do bolso, Frank acendeu um e virou-se de lado antes de expelir o fumo. Ambos observaram os círculos de fumo a dissiparem-se à medida que chegavam ao fundo da sala.

- Está a fazer jogos comigo, Detetive Sargento?

- Um homem morreu, Sr.ª Juke, não é altura para jogos. - Sacudiu a cinza do cigarro para o cinzeiro e continuou. - Deixe-me fazer-lhe um filme. Um jovem vai ao quarto de um velho. Eles discutem. O jovem tem um temperamento que tem dificuldades em controlar. A situação escala, a conversa fica acesa. Talvez o jovem empurre o velho, o segure pelos ombros, se calhar até o sacode. O velho está muito mal de saúde, tosse sangue e tem dificuldade em respirar. O jovem não faz nada para o ajudar. E, então, Sr.ª Juke? Temos uma vítima e um criminoso? Temos um crime?

Quando terminou de falar, Frank esfregou as mãos como se tivesse acabado umas palavras cruzadas particularmente difíceis. Janie manteve-me muito quieta, mas apenas no corpo, pois a sua mente revia tudo o que ficara a saber sobre Luigi desde que este chegara uns dias antes. Conseguia imaginar um Luigi de cabeça quente no quarto de Bertie. A mancha de sangue na camisa de Luigi podia perfeitamente ter sido o resultado de uma discussão, tal como o detetive descrevera. Porém, Luigi estava zangado com o pai, não com Bertie, e no curto espaço de tempo em que o conhecera ela tinha a certeza que Luigi não queria fazer mal a ninguém. Se tivesse havido uma discussão, Luigi escondera essa discussão desde a noite em que Bertie morrera. Luigi era taciturno, sim, desorientado talvez, mas certamente que não seria tão desonesto ao ponto de manter um segredo tão terrível.

- Aprendo muito consigo, Detetive Sargento - disse ela, sorrindo-lhe.

- Ah, sim?

A declaração dela apanhou-o de surpresa e ele devolveu-lhe o sorriso.

- Sempre me disse que havia uma coisa que era fundamental. Na verdade, o meu mentor Poirot diz a mesma coisa.

- E o que é, Sr.ª Juke?

- Provas, Detetive Sargento. Sem provas não pode haver condenação. O que é que algumas beatas provam? Não acho que tenhamos um crime aqui, e você?

CAPÍTULO 23

Sexta-feira - Casa dos Chandlers

Quando o telefone tocou na manhã seguinte, Philip não esperava ouvir a voz de um polícia no outro lado da linha.

Luigi não tinha saído do pequeno quarto de arrumos desde que Janie lhe mostrara a carta da mãe. Tinha passado a noite sentado à beira da cama, com as cortinas abertas de forma a poder olhar a para a noite escura. Todas as perguntas que sabia que nunca poderiam ser respondidas giravam na sua cabeça vezes sem conta como um disco partido. A mãe dele amara um homem com quem nunca poderia viver. As suas crenças e o seu sentido de responsabilidade para com o marido e o filho eram tão fortes que nunca os teria abandonado para ir ser feliz ao lado de outro homem. Ao invés, tinha escolhido uma vida cheia de tristeza, não só tornando-se infeliz, como impedido a felicidade a todos à sua volta.

Luigi abrira um pouco a janela. O ar da noite era frio, mas isso soubera-lhe bem. Quanto mais pensava no quanto tudo aquilo tinha sido um enorme desperdício, mais dificuldades tinha em respirar. Agarrara o peitoril da janela e inspirara fundo o ar frio da noite. À medida que a respiração se ia acalmando, sentira o dique que tinha construído à volta das suas emoções a quebrar. Fechara a janela, sentara-se na cama e puxara os joelhos para o peito, deixando as lágrimas correrem.

Algures durante a madrugada devia ter adormecido. Quando o sol se levantou, o quarto encheu-se de luz, que o acordou. Na casa de banho, contemplou o seu reflexo no espelho. Tinha os olhos vermelhos e o cabelo colado à volta da cabeça. Abriu a torneira e passou água fria pela cara e as mãos pelo cabelo.

- Preciso de café - disse para o seu reflexo no espelho. - Forte, quente e simples.

Philip ouviu Luigi a descer as escadas e a dirigir-se para a cozinha. Reconheceu o distintivo cheiro a café italiano quando Luigi encheu a cafeteira italiana.

- Bom dia - disse Philip, escolhendo com cuidado a forma de o cumprimentar. - Conseguiste dormir?

Luigi abanou a cabeça, esquecendo-se por momentos da cegueira de Philip.

- Acho que passei pelas brasas - respondeu, surpreendido com a rouquidão da sua voz. Era como se tivesse passado horas a gritar, mas toda a gritaria nunca saíra da sua cabeça.

- Café é uma ideia excelente. Se chegar para os dois, também bebo.

Quando a cafeteira começou a ferver, Luigi desligou o fogão e esperou que o café assentasse antes de encher duas das chávenas mais pequenas que conseguiu encontrar nos armários da cozinha.

- Precisa de chávenas de café italianas - disse ele. - Estas são boas para o chá, mas um bom café italiano...

- Eu sei, deve ser bebido forte, quente e simples - concluiu Philip, esboçando um sorriso.

Ficaram em silêncio por momentos. Luigi observou Philip, reparando o quão preciso ele era capaz de encontrar a chávena e levá-la sem hesitação aos lábios.

- Tive muito tempo para aprender - esclareceu Philip, sentido a curiosidade do italiano.

- Deve ter tido que começar do zero em relação a tudo.

Philip sorriu.

- Ainda tenho as minhas memórias. Nada mais pode tirar.

- Porém, nem todas as memórias são boas.

- Podia ter escolhido recordar o acidente vezes sem conta durante os primeiros meses em que soube que nunca mais ia ver o rosto da minha filha outra vez, mas escolhi esquecer tudo isso. Perdi a visão, não a vida. Agarrarmo-nos aos maus momentos apenas destrói os bons momentos que estão para vir. E eles vêm sempre, no fim.

- Não consigo imaginar momentos bons.

- Isso é porque ainda não acabou.

Luigi levantou-se e colocou as chávenas no lavatório.

- Recebi um telefonema da polícia esta manhã - disse Philip.

- O que é que eles querem agora?

- Pediram que fosses à esquadra novamente.

Philip ouviu Luigi dizer qualquer coisa entredentes.

- Queres que a Janie vá contigo?

- Obrigado, mas não. Estou pronto para o que quer que seja de que eles me acusem. Não fiz nada de errado e preciso de confiar na justiça britânica.

Em frente à esquadra da polícia, Luigi respirou fundo várias vezes. O coração batia-lhe de forma desenfreada e fumar não estava a ajudar. Disse o nome ao sargento de serviço, que lhe pediu para aguardar. Algum tempo depois, o DS Bright apareceu com um grande saco de plástico na mão.

- Venha comigo até à sala de interrogatório, Sr. Denaro.

Lá dentro, Frank Bright pediu a Luigi para se sentar. Assim que se sentou, acendeu logo um cigarro e o detetive deslizou o cinzeiro para perto dele. Luigi fez um aceno de cabeça a agradecer.

- Tenho novidades - disse Frank.

Era como se estivesse a brincar com Luigi, à espera de uma reação.

- Ficará feliz por saber que a sua pasta de documentos foi encontrada.

Abriu o saco de plástico e tirou a pasta de documentos com uma certa dramatização, colocando-a em cima da mesa. Depois, observou Luigi a tirar a chave do bolso da camisa e a abrir a pasta. Levou a mão para dentro do compartimento principal e sentiu o envelope que ele rezava que ainda lá estivesse.

- Estou muito agradecido - disse ele, levantando-se e enfiando a pasta debaixo do braço.

- Calma aí. Não quer saber como é que foi devolvida? E não me vai mostrar o que se encontra lá dentro?

- Como disse anteriormente, são coisas pessoais. Estou muito aliviado por se encontrarem de novo na minha posse e agora gostaria de me ir embora.

- Ainda bem que a pasta tinha uma senha de bagagem. Isso e a queixa detalhada que deu à polícia francesa ajudaram a resolver o assunto com êxito. Seja o que for que esteja dentro dessa pasta de documentos deve ser muito importante para si.

Luigi manteve-se de pé enquanto tirava o envelope de dentro da pasta e retirava o seu conteúdo, espalhando-o em cima da mesa.

- A minha mãe - disse ele, passando ligeiramente os dedos por cima de cada fotografia a preto e branco.

- Ah - disse Frank Bright, olhando ora para as fotografias ora para Luigi. - Ela é uma mulher deslumbrante.

- Era. Já não é mais. A minha mãe morreu e estas fotografias são tudo o que me resta dela. Agora percebe porque é que estava tão desesperado por as ter de volta.

Frank voltou a olhar para as fotografias. Tinha visto o rosto daquela mulher recentemente, num outro conjunto de fotografias, as que tinham sido retiradas de dentro da pasta de documentos do Sr. Williams.

- A sua mãe conhecia o Sr. Williams?

- Claro. O Bertie era sócio do meu pai. Frequentavam os mesmos círculos sociais. Agora, se já não tem mais perguntas a fazer, gostaria de me ir embora.

- Tenho outra coisa para lhe dar antes de se ir embora.

Frank enfiou a mão no bolso do casaco.

- O seu passaporte, Sr. Denaro

- Já não sou suspeito?

- Já não tenho um crime para investigar. Sabemos agora que o Sr. Williams morreu de causas naturais.

Luigi ia tirar o passaporte das mãos do detetive, mas Frank Bright segurou-o com força. Por momentos, cada um deles segurou o passaporte enquanto olhava o outro nos olhos.

- Quando não há crime, não precisamos de um suspeito, mas isso não quer dizer que não continue a ter suspeitas em relação a si, Sr. Denaro.

- É polícia. Ter suspeitas faz parte da sua profissão.

Frank largou o passaporte.

- Sei que entrou naquele quarto naquela noite, mas gostava de o ouvir dizer isso.

- Tal como disse, Detetive Sargento, já não há nenhum crime para investigar. Por isso, obrigado pelo passaporte e pela pasta de documentos, mas vou indo agora.

CAPÍTULO 24

SEXTA-FEIRA - HOTEL ROYAL ELIZABETH

TINHA PASSADO UMA SEMANA desde que um homem morrera na pacata cidade de Tamarisk Bay. Durante essa semana, a vida de Luigi e Alberto Denaro mudara de forma irreversível. O que pensavam que sabiam sobre a mulher que era o centro das suas vidas teria agora de ser revisto com novos olhos. Era como desmanchar um puzzle e voltar a montá-lo formando uma nova imagem. Uma tarefa quase impossível.

A família Chandler tinha sido simpática e compreensiva e Alberto tentava encontrar uma forma de retribuir essa amabilidade. Na receção do hotel pediu para fazer uma chamada internacional. Uns minutos mais tarde tinha conseguido ligação à casa dos Duttis.

- *Signora* Dutti, daqui fala Alberto Denaro. Posso falar com o seu marido?

A rececionista do hotel fingia estar absorta com o registo dos hóspedes enquanto se esforçava por ouvir o canto atraente de uma voz italiana. Não conseguia perceber nada do que estava a ser dito, apenas de vez em quando *si, si*. Sabia o suficiente para perceber que ele dizia sim. Ela queria aprender italiano há imenso tempo. Talvez aquela fosse a sua oportunidade. Talvez devesse perguntar a este homem se conhecia outros italianos em Tamarisk Bay que lhe pudessem dar algumas aulas.

O telefonema chegou ao fim e o italiano voltou ao balcão de acolhimento.

- Pode colocar a despesa na minha conta?

- Sim, senhor, *si* - respondeu ela, rindo entredentes por ter sido corajosa o suficiente ao tentar o vocabulário acabado de adquirir com um nativo. Porém, o Sr. Denaro não reparou na sua tentativa de falar italiano. Tinha outras coisas em que pensar. A conversa com o *Signor* Dutti confirmara as suas suspeitas e agora precisava de falar com Jessica.

Caminhou pela beira-mar até à casa de Philip. A porta abriu-se antes de ter tido tempo de tocar à campainha. Jessica quase que foi contra ele quando saiu, pois estava concentrada em abotoar o casaco.

- Oh, *Signor* Denaro, peço desculpa!

- Posso falar consigo? - disse ele.

- Estava de saída. Importa-se de caminhar comigo?

Ele virou-se para a acompanhar ao longo do caminho.

- Lamento imenso em relação ao seu amigo. Deve ter sido um choque terrível para si - disse ela.

Ele manteve-se um passo atrás dela e respirou fundo, fazendo com que ela se virasse para trás. As palavras que queria dizer eram escorregadias, desejosas de fugir como um peixe apanhado na rede.

- Trabalhou para o *Signor* Dutti?

Ela parou de andar por um momento, surpreendida com a direção da conversa.

- Eu conheço a família Dutti - disse ele.

- Ah, sim, claro.

Ela pensou nas duas crianças e a imagem dos seus rostos radiantes fê-la sorrir.

- *Signora* Chandler, receio que possa ter tido alguma coisa a ver com a perda do seu emprego.

A ligação entre os factos relatados manteve-se elusiva para Jessica.

- Deixe-me explicar - continuou ele.

- Sim, seria bom.

Tinham chegado à paragem de autocarro ao fundo da rua e ela

fez um gesto a convidá-lo a sentar-se ao seu lado dentro do abrigo de madeira.

- Sabe que tenho um negócio e de vez em quando os meus negócios coincidem com os do *Signor* Dutti. É útil pertencer a uma rede que nos dá apoio. - Virou-se para ela como a querer ser tranquilizado. - Tenho a certeza de que compreende...

Jessica acenou afirmativamente com a cabeça.

- Porém, Aldo Dutti também se tornou um amigo. Queria ajudar e percebe agora que pode ter cometido um erro.

- Como assim?

- Queria ajudar com uma questão familiar. Foi aí que ele... como direi... ultrapassou as marcas.

Apresentava a sua explicação como se se tratasse de uma fórmula científica complicada, com muitas equações a levarem ao resultado final.

- O Aldo sabia que eu e o meu filho tínhamos tido um desentendimento, mas desconhecia a razão para tal.

Jessica hesitou antes de dizer:

- Sabia que a sua mulher tinha morrido?

- Sim. Porém, não sabia mais nada, nem como ela morrera, nem...

Ele levantou-se e começou a andar ao longo do caminho, virando-se para trás e voltando a ficar à frente dela.

- Quando viu que tinha ficado amiga do meu filho, pensou que talvez fosse a causa do nosso desentendimento.

- Não percebo porque é que eu havia de criar dificuldades entre si e o seu filho...

Ele suspirou.

- Não, eu não estou a conseguir explicar-me. Eu e o Aldo somos muito conservadores. A senhora é mais velha que o meu filho. O Aldo pensava que eu não aprovaria.

- Não sei sobre o que é que deveria ficar mais irritada: o seu amigo a fazer juízos de valor sobre mim ou o senhor assumir que eu e o seu filho temos uma relação inadequada.

- Ofendi-a e não era essa a minha intenção. - Ele juntou as mãos. - O meu filho é adulto. É livre de tomar as suas próprias decisões.

- *Signor* Denaro, eu e o Luigi somos apenas amigos. Na verdade, não somos muito mais que conhecidos. Acredite quando lhe digo que não estou à procura de uma relação amorosa, mas, se estivesse, a idade não entraria na equação.

- Por favor, aceite as minhas desculpas. Tenho a certeza de que compreende que cometi muitos erros na vida como resultado de não perceber o que é necessário para tornar uma relação duradoura. Talvez se tivesse aberto os meus olhos e a minha mente, a Eloise não tivesse ido procurar amor e companhia noutro lado.

Antes de regressar ao hotel, havia outra pessoa a quem queria também estender a sua mão em sinal de amizade. Quando Rosetta abriu a porta e encontrou Alberto à entrada, resmungou entredentes, mas afastou-se para o deixar entrar.

- Lamento ter pedido ao seu filho para se ir embora, mas têm sido tempos difíceis.

- Eu percebo e, por favor, não peça desculpa.

Ficou ali no vestíbulo sentindo-se um pouco desconfortável. Tinha passado a vida toda a evitar conversas emocionais, mas talvez agora, depois de tudo o que tinha acontecido, fosse a altura certa para aprender.

- Tenho a certeza de que tem muito para fazer, mas será que podemos falar um pouco?

- Podemos beber um café juntos, venha até à cozinha.

Ele sentou-se e ficou a observá-la enquanto fazia café.

- Vive em Inglaterra há muito tempo. Deve sentir que é agora a sua casa – disse ele.

- A minha case é em Itália.

- E ainda tem família lá?

- Os meus pais estão no céu, mas, sim, tenho um irmão e uma irmã, sobrinhos e sobrinhas.

- Já pensou em regressar?

Ela serviu o café, bebeu um pouco e um sorriso surgiu aos cantos da boca.

- Penso nisso o tempo todo. E agora, consigo e o seu filho aqui, a

Itália parece-me mais próxima e, ao mesmo tempo, ainda mais longe.

- Eu percebo. Sr.ª Summer, gostaria de fazer uma proposta, mas não a quero ofender.

Ela levou as chávenas vazias para o lavatório, passou-as por água quente, mas deixou-as lá e voltou para se sentar em frente a Alberto.

- Passei grande parte da minha vida a montar um negócio de sucesso. Fiz dinheiro suficiente para ter uma vida confortável, desfrutar de uma boa casa, um bom carro, bons vinhos. O dinheiro tem a sua utilidade, mas eu tenho-o usado de forma errada. Agora, gostava de o usar na forma certa.

Rosetta não estava a perceber nada do que Alberto queria dizer, mas percebeu que ele precisava de o dizer.

- Gostava de lhe pagar o bilhete para Itália. Seria uma oportunidade de ver a sua família.

- Porquê? Não me conhece, não conhece a minha família.

- Somos os dois italianos. Gostava de pensar que podíamos ser amigos e os amigos ajudam-se uns aos outros. Talvez pudesse visitar-me em Anzio enquanto lá estivesse. Ficaria contente por lhe mostrar as vistas.

Era raro Rosetta ficar sem palavras. Normalmente elas saíam disparadas pela boca antes de pensar nelas, mas agora tudo o que conseguia fazer era pegar na mão de Alberto nas suas e murmurar:

- *Grazie*.

Um pouco mais tarde, quando Luigi chegou ao Hotel Royal Elizabeth, o pai esperava-o no átrio. Alberto pensava na conversa com Jessica e perguntava-se se não teria sido melhor não ter dito nada sobre as suposições erradas de Aldo. Em vez de aclarar as águas parece que apenas as tornara mais turvas. No entanto, todos os seus pensamentos sobre Jessica e os Duttis se desvaneceram assim que viu o seu filho a caminhar na sua direção com uma pasta de documentos debaixo do braço.

- Encontraste-a! - exclamou ele, aproximando-se rapidamente e colocando o braço à volta dos ombros do filho.

Luigi recuou, ainda desconfortável com o contacto próximo do homem que sempre estivera demasiado distante ao longo da sua vida.

- Sim, foi devolvida à polícia. Não sei quem a levou, mas não quero saber. Tenho-a de volta, é tudo o que importa.

Foram sentar-se em duas poltronas a um canto do bar do hotel. Alberto pediu dois copos de sumo de laranja, que o empregado trouxe, levando imenso tempo a colocá-los na mesa de vidro baixa. Alberto tirou um xelim de uma carteirinha de pele que estava dentro do bolso do casaco e deu-o ao empregado.

Luigi abriu a pasta de documentos, tirando as fotografias e colocando-as em cima da mesa. Ouviu o pai a suspirar sonoramente quando viu as fotografias da sua esposa. A mulher que tinha vivido com ele durante muitos anos, mas sempre amando outro homem. Não um homem qualquer, mas o seu bom amigo Bertie.

Luigi observou o pai enquanto ele tocava suavemente nas fotografias.

- Nunca desconfiaste? Durante todos aqueles anos não houve nada que te levantasse a dúvida?

- Estava sempre a olhar para os sítios errados.

Alberto pegou numa das fotografias e levou-a aos lábios.

- Odeia-lo pelo que ele fez?

- Ao Bertie? Não, não o odeio. Culpá-lo ou culpar a tua mãe não faz diferença nenhuma agora. Também cometi erros, sempre ocupado, sem perceber o que era realmente importante. Era a minha mulher e eu amava-a. Nada pode mudar isso.

- O que vai acontecer ao negócio do Bertie? - perguntou Luigi.

- Ele tem uma irmã. Suponho que vá herdar tudo. Vive aqui em Inglaterra. Talvez possamos ir os dois visitá-la.

Alberto bebeu um pouco de sumo de laranja, mexendo o copo e ouvindo os cubos de gelo a baterem uns nos outros.

- Talvez. - Luigi mudou de posição na poltrona, olhando à volta do bar antes de acrescentar: - Queres saber a verdade?

- Não sei já a verdade?

- Toda, não.

- Se há alguma coisa que me queiras dizer, sim, sou todo ouvidos.

- Há uma parte de ti que ainda acredita que sou culpado, não há? Que fiz alguma coisa ao Bertie que resultou na sua morte.

- És meu filho e eu amo-te. Nada pode mudar isso.

- Tal como disse antes, fui ao quarto do Bertie naquela noite e falei com ele. O Bertie não estava bem. Enquanto estava lá, ele teve um ataque de tosse horrível e expeliu sangue. Tentei ajudá-lo e sentei-me ao lado dele na cama à espera que ele conseguisse respirar mais à-vontade. Fiquei com sangue nas mãos e na camisa. Só mais tarde, depois de saber que ele tinha morrido, é que me apercebi como iria parecer.

- Podias ter falado comigo, ter-me contando a verdade. Podíamos ter explicado isso à polícia.

Luigi abanou a cabeça.

- A Rosetta sabe como a polícia é. És inocente e eles fazem com que te sintas culpado.

Alberto terminou de beber e colocou o copo em cima da mesa. Começou a esticar a mão na direção do filho, mas recuou.

- Conseguiste falar com o Bertie depois de ele recuperar?

- Contei-lhe o quanto estava zangado contigo. Na verdade, rimo-nos disso.

- Riram-se?

- Ele disse-me que sempre quisera um filho como eu e que, se as coisas fossem diferentes, ele adoraria ensinar-me o negócio dele. Eu poderia ter sido o aprendiz dele, disse ele. Foi então que eu desatei a rir. Eu disse-lhe que daria um péssimo aprendiz.

- O que é que o Bertie disse?

- Que a minha mãe tinha muito orgulho em mim. Achei que era uma coisa estranha para se dizer. E foi então que ele desatou a rir. *A vida é estranha*, disse ele.

Luigi fechou os olhos, recordando a última vez que vira Bertie.

- Ele estava bem quando eu o deixei. *Vou descansar um pouco*, disse ele, *e depois vou ter contigo lá abaixo*. Se tivesse ficado com ele mais algum tempo... Quem sabe, talvez pudesse tê-lo ajudado, chamado alguém...

Alberto passou o dedo pela borda do copo vazio.

- Não podias ter sabido. Podemos sempre dizer "e se". Cometi muitos erros na vida, mas talvez agora esteja na hora de começar um novo caminho.

- A Janie tem uma amiga que talvez nos possa ajudar a saber mais sobre a mamã - disse Luigi, olhado de relance para o pai. - Gostava de falar com ela, mas tu talvez queiras voltar para casa. Tens os teus negócios.

- Vamos os dois falar com essa amiga dela. Se pudermos seguir os passos da tua mãe, talvez possamos percorrer novos caminhos que nos ajudem a reparar o que foi desfeito.

Esticou a mão por cima da mesa em direção ao seu filho.

- Gostava muito - respondeu ele.

Enquanto os Denaros tentavam encontrar uma forma de criar laços após anos de mal-entendidos, outra família em Tamarisk Bay estava a formar laços de uma forma completamente diferente.

Greg deitou Michelle no berço, pondo o urso Barnabé ao lado dela e aconchegando o cobertor à volta dos dois. Ficou por ali um bocado a olhar para a filha, que não parecia muito contente com a ideia de que era hora de dormir.

- Olha que boa fotografia! Fica assim como estás enquanto vou buscar a câmara - disse Janie à porta do quarto.

- Ela precisa de dormir e não vai adormecer enquanto eu aqui estiver.

Janie foi para junto do marido e abraçou-o pela cintura.

- Temos muita sorte, não temos? Imagina o que será viver a maior parte da vida a amar alguém com quem não se pode viver.

- Ainda bem que ainda não me tinham catrapiscado quando nos conhecemos!

- És muito engraçadinho... E agora temos esta doçura. Provavelmente vai ter as suas desilusões amorosas e nós vamos ter de ficar a ver.

- O primeiro que partir o coração da minha filha vai ficar com o nariz partido, pelo menos.

- Isso é conversa de luta, Sr. Juke. Estás a ouvir isto, Michelle? O teu pai vai escrutinar toda a gente que se atreva sequer a olhar na tua direção.

- Ah, finalmente, ganhei a aposta! Viste? Ela sorriu para mim!

- Acho que foi apenas o vento...

- Michelle, a tua mãe não sabe nada. Auto-intitula-se detetive privada, mas não consegue ver a pista mais óbvia de todas.

Janie observou o rosto da filha e, depois, virou-se para Greg.

- Que pista?

- Aquela covinha no queixo dela... Vê como de mexeu mesmo agora quando ela sorriu.

- Ok, ganhaste. Qual é o prémio, de qualquer das formas?

- Uma noite tranquila com a minha mulher, sem conversas sobre crimes ou mistérios.

- Feito - disse ela, pousando a cabeça no ombro dele. - Tenho a certeza de que consigo fazer isso durante uma noite.

OBRIGADA

Um agradecimento especial para a minha tradutora maravilhosa, Ana Catarina Palma Neves, que trabalhou arduamente para levar esta história ao público de língua portuguesa. https://wordsinideas.com

Parte da minha pesquisa para este livro foi feita no "*The Keep*", que tem à disposição um maravilhoso arquivo com informações sobre East Sussex: <www.thekeep.info/collections/>. Eles ajudaram-me a garantir que os pormenores sobre a biblioteca itinerante da Janie fossem o mais precisos possível. A polícia de Sussex confirmou que a história do pai da Janie, o Philip, fazia sentido.

Foi maravilhoso ter a oportunidade de partilhar algumas das minhas memórias de infância sobre Itália, especialmente a fantástica viagem de comboio entre Roma e Calais, que fiz muitas vezes com a minha família. Para ter uma ideia de como teria sido a vida em Anzio em 1944, tive muita sorte em ter a ajuda da minha prima Anna e dos seus netos Nicole e Riccardo, bem como de outra prima, a Loredana, e vários bons amigos.

A maioria dos autores concorda que escrever pode ser solitário. Portanto, sinto-me muito afortunada por ter o incentivo e o apoio de pessoas maravilhosas. A Janie podia ter definhado algures no caminho se não fossem elas. Os meus brilhantes amigos escritores, o Chris e a Sarah, e o meu irmão David, continuam a proporcionar-me não apenas críticas valiosas, mas também motivação para continuar. Sinceros agradecimentos também para a minha família e os meus amigos, demasiado numerosos para nomear individualmente. Estou grata a todos.

E, nas palavras de uma das minhas canções preferidas, o meu amor e agradecimento ao meu marido Al, que é *the wind beneath my wings* [o vento debaixo das minhas asas].

Como leitor, a suas palavras fazem toda a diferença

Críticas honestas sobre os meus livros ajudam outros leitores a encontrá-los. Como autora independente, não tenho o apoio de uma editora ou de uma equipa de publicitários. Não posso fazer publicidade da forma tradicional, mas tenho a vantagem de ter um grupo de leitores dedicados. Se gostou deste livro, ficaria agradecida se despendesse cinco minutos para escrever um comentário (tão breve quanto quiser) no Goodreads ou no seu site preferido de livros, fóruns de discussão, blogs e redes sociais.

Obrigada!

www.isabellamuir.com

SOBRE A
AUTORA

Isabella Muir tem um fascínio sobre o passado e gosta de explorar como era a vida das famílias entre as décadas de 1930 e 1960, por adiante. É autora de duas séries de policiais, ambas passadas em Sussex, na era icónica entre a década de 1960 e o início da década de 1970, bem como novelas passadas na altura da Segunda Guerra Mundial.

A pesquisa sobre os aspetos da vida familiar nas décadas passadas foi a rampa de lançamento perfeita para os seus trabalhos de ficção. Isabella redescobriu o seu amor pela escrita de ficção durante os felizes dois anos em que frequentou e terminou o Mestrado em Escrita Profissional. Desde então, já publicou sete romances, seis novelas e duas coletâneas de contos.

Sendo meia italiana, o seu amor por Itália reflete-se por toda a sua obra e tem adorado levar as suas histórias policias até ao público italiano através das traduções que têm sido bem recebidas.

"A Notable Omission" é o quarto livro da série de Crimes e Mistérios em Sussex, com a jovem bibliotecária e detetive amadora Janie Juke como protagonista. Passada na década de 1960, na fictícia cidade à beira-mar de Tamarisk Bay, a série dá-nos a conhecer Janie, que é responsável pela biblioteca itinerante. Ela é uma leitora ávida

das histórias de Agatha Christie, em particular as relacionadas com Hercule Poirot, e usa tudo o que aprende com a Rainha do Crime para resolver crimes e mistérios. Além de quatros romances, a série conta com seis novelas que exploram algumas histórias de outros habitantes de Tamarisk Bay.

A segunda série de Crimes em Sussex tem como protagonista o detetive italiano e reformado Giuseppe Bianchi. O primeiro caso de Giuseppe Bianchi, *"Crossing the Line"*, dá-nos a conhecer Giuseppe no dia em que chega à sossegada cidade à beira-mar de Bexhill-on-Sea, em East Sussex, e encontra um morto na praia. E assim começa a história... No segundo livro da série, *"After the Storm"*, Giuseppe ajuda a limpar a devastação da tempestade enquanto tenta compreender os acontecimentos trágicos ocorridos posteriormente.

O romance *"The Forgotten Children"*, trata a temática emotiva das crianças que foram enviadas para a Austrália. Mais uma vez, o foco é a vida familiar da década de 1960, quando a política das crianças emigrantes ainda estava em vigor.

Isabella escreve regularmente no seu site: **www.isabellamuir.com** onde pode descarregar histórias grátis e comprar os livros diretamente à autora.

Nesta série, Isabella tem a sorte de tabalhar com uma tradutora maravilhosa, que lhe dá a possibilidade de levar estas histórias a um público mais alargado. Para saber mais sobre Ana Catarina Palma Neves clique em: **https://wordsinideas.com**

TÍTULOS DA MESMA AUTORA

LIVROS EM PORTUGUÊS DA MESMA AUTORA
LIVRO 1: O SACO DE VIAGEM
LIVRO 2: PERDIDOS E ACHADOS
LIVRO 3: O CASO DO SR. WILLIAMS

OS MISTÉRIOS DE GIUSEPPE BIANCHI
Com o detetive italiano, e reformado, Giuseppe Bianchi como
protagonista
LIVRO 1: CROSSING THE LINE *
LIVRO 2: AFTER THE STORM *

OS MISTÉRIOS DE JANIE JUKE
Com a jovem bibliotecária e detetive amadora Janie Juke como
protagonista
LIVRO 1: THE TAPESTRY BAG *
LIVRO 2: LOST PROPERTY *
LIVRO 3: THE INVISIBLE CASE *

LIVRO 4: A NOTABLE OMISSION

THE SUSSEX CRIME MYSTERIES
A triologia de Janie Juke - coletânea

NOVELAS MISTÉRIOS EM SUSSEX
Com personagens dos romances de Janie Juke
DIVIDED WE FALL
MORE THAN ASHES
WAITING FOR SUNSHINE
THE HARVEST
CHOICES
NEVER ENOUGH

THE FORGOTTEN CHILDREN *
Uma história sobre a procura de uma mãe pelo seu filho

IVORY VELLUM
Uma antologia de contos

* Também disponível em auto-livro

www.isabellamuir.com